Moritz Rühlmann

Beschreibung der Zeichnungen
landwirthschaftlicher Maschinen

Anatiposi

Moritz Rühlmann

Beschreibung der Zeichnungen landwirthschaftlicher Maschinen

Unveränderter Nachdruck der Originalausgabe von 1853.

1. Auflage 2023 | ISBN: 978-3-38204-138-0

Anatiposi Verlag ist ein Imprint der Outlook Verlagsgesellschaft mbH.

Verlag: Outlook Verlag GmbH, Zeilweg 44, 60439 Frankfurt, Deutschland
Vertretungsberechtigt: E. Roepke, Zeilweg 44, 60439 Frankfurt, Deutschland
Druck: Books on Demand GmbH, In de Tarpen 42, 22848 Norderstedt, Deutschland

Beschreibung

der

Zeichnungen
landwirthschaftlicher Maschinen

nach

aus England von der Königl. Hannov. Regierung
bezogenen Mustern aufgenommen, gezeichnet und herausgegeben

von

den Studirenden der Maschinenlehre
der polytechnischen Schule

unter Mitwirkung des

Professors Dr. Rühlmann daselbst.

Cursus 1852/3.

Hannover.

Druck von Ph. C. Göhmann.

1853.

Vorwort.

Bei der Herausgabe gegenwärtiger Sammlung land-
wirthschaftlicher Maschinen hat man den doppelten Zweck
vor Augen gehabt, erstens den Studirenden der polytechnischen Schule in Hannover eine Mustersammlung
von Zeichnungen meist sehr gut construirter englischer
Maschinen möglichst wohlfeil in die Hand zu geben,
zweitens einen kleinen Beitrag zur Ausfüllung einer
Lücke im Gebiete der Literatur des Maschinenwesens
zu liefern, die jedem Sachkenner nicht fremd geblieben
sein wird. Seitdem Le Blanc in den ersten Bänden
seines bekannten Werkes *„Récueil des Machines etc."*
die zu seiner Zeit in Frankreich gebräuchlichen und zum
Theil aus England eingeführten landwirthschaftlichen
Maschinen mitgetheilt hat, scheint man im Gewühle der
direkt und indirekt mit der Dampfkraft im Zusammen-
hange stehenden Maschinen, der Turbinen, Werkzeugs-
und Fabrikationsmaschinen etc. die für landwirthschaftliche Zwecke fast vergessen zu haben, mindestens vom

Standpunkte des Constructeurs aus geurtheilt, da die sonst in ihrer Art trefflichen Werke über landwirthschaftliche Maschinen, von Ransomes, Hamm und Rau, gar nicht beabsichtigen diesen Zweck zu erfüllen.

Wenn Genauigkeit und Vollendung der Zeichnungen bei manchen Blättern Mehr oder Weniger zu wünschen übrig lassen, wolle man bedenken, dass das ganze Unternehmen als eine Nebenarbeit für die meisten, überdies vielseitig beschäftigten Studirenden, betrachtet, so wie endlich äusserste Wohlfeilheit des Ganzen immer im Auge behalten werden musste.

Schliesslich hält man sich für verpflichtet Herrn Hoflithographen Giere in Hannover für seine freundliche Mitwirkung zur Vollendung und Ausstattung der Zeichnungen den aufrichtigsten Dank auszusprechen.

Hannover, im Juni 1853.

Tafel I a bis I g.

Sechspferdige transportable Dampfmaschine
von Barrett, Exall & Andrews, Reading, Berkshire.

Transportable Dampfmaschinen, d. h. solche, die im Ganzen incl.
Kessel ohne Auseinandernehmen der einzelnen Theile transportirt werden können, haben, abgesehen von Locomotiven und Dampfschiffen,
erst in allerjüngster Zeit eine grössere Verbreitung gewonnen. Wurden
auch schon früher einzelne derartige Maschinen construirt, namentlich
zum Betriebe von Rammen und anderen Maschinen auf Bauplätzen;
(Verhandlungen des Vereins z Beförd. d. Gewerbfleisses in Preussen
Bd. 27. Jahrgang 1848. — Polyt. Mitth. von Volz u. Karmarsch Bd. II.
Taf. III—VI. — Le Blanc, Recueil Tome II. Pl. 33.); so war es doch
erst den letzteren Jahren vorbehalten, neben einem zweckmässigen einfachen, zusammengedrängten Constructionssystem, denselben ein aus-
gedehntes Feld der Anwendung durch Benutzung zum Betriebe land-
wirthschaftlicher Maschinen, als Dreschmaschinen, Schrotmühlen etc.
anzuweisen. Sie sind sowohl für grössere als für kleinere Güter anwendbar: für letztere, indem eine Person sich eine solche Maschine
anschafft und sie anderen leihweise überlässt.

Die vorliegende Maschine nun ist von den Erbauern hauptsächlich
zu obengenannten Zwecken bestimmt, auch dazu vermöge ihrer Construction recht geeignet und besitzt mehrere eigenthümliche Vorzüge
vor ähnlichen Maschinen. Die Hauptforderungen, welche sich an dieselben stellen lassen, sind nämlich: 1) Zusammengedrängtheit, 2) Leichtigkeit, 3) Stabilität, 4) Billigkeit, 5) dauerhafte und einfache Construction, 6) geringer Kohlen- und Wasserbedarf. Zur Erreichung
des ersten Punktes hat die vorliegende Maschine einen Röhrenkessel,
einen umzuklappenden Schornstein und arbeitet horizontal. Leichtigkeit und Stabilität ist erreicht durch möglichst ausgedehnte Anwendung des Schmiedeeisens anstatt des Gusseisens und durch Vereinigung
aller beweglichen Theile auf einer Unterlage. Die Maschine kann
von 1—2 Pferden gezogen werden, sie wiegt 55 Zoll-Centner. Die
Wohlfeilheit ist erstrebt durch Vermeidung alles überflüssigen Kupfers

und Messings und Ersatz desselben durch Eisen. Das gewonnene Resultat weist der Katalog aus:

Zahl der Pferdekräfte . . . 4 5 6 8 10

Nettopreis loco Reading . £ 158 180 200 225 240

Der fünfte Punkt scheint, dem Aeusseren nach zu urtheilen, und nach den bisher gesammelten Erfahrungen ebenfalls erreicht zu sein. Doch können hierüber, so wie über den Kohlen- und Wasserbedarf, keine bestimmten Angaben gemacht werden, da ausgedehnte Versuche in dieser Richtung nicht gemacht sind *) und müssen wir uns daher darauf beschränken, die Angaben der Erbauer mitzutheilen: In 35 Minuten hat die Maschine Dampf von 45 Pfd. Spannung und sind dazu 40 Pfd. Kohlen erforderlich. Nachher beträgt der Kohlenverbrauch 50 Pfd. pr. Stunde, also 8$\frac{1}{3}$ Pfd. pr. Stunde pr. Pferdekraft. Dabei soll die Schwungradwelle 120 Umgänge in der Minute machen.

Die Bauart ist in vielen Stücken der einer Locomotive ähnlich und sollen daher einige der bei diesen Maschinen gebräuchlichen Kunstausdrücke in der nachfolgenden Beschreibung beibehalten werden. Es stellt vor:

I a Längenansicht.

I b Fig. 1 Grundriss; Fig. 2 Grundriss des Gestells.

I c Fig. 1 Ansicht von vorn; Fig. 2 Ansicht von hinten.

I d Längendurchschnitt nach VI—VII.

I e Fig. 1. Querdurchschnitt nach I—II. Fig. 2. Querdurchschnitt nach III—IV.

I f Details und (Fig. 5) Horizontaldurchschnitt nach VIII—IX.

I g Fig. 1 Querdurchschnitt nach V—VI und Details.

Die Maschine ruht auf 4 Rädern, von denen, wie bei einem gewöhnlichen Wagen, die vorderen kleiner sind als die hinteren; erstere haben 34″ letztere 48″ Durchmesser. Die Nabe ε (I e Fig. 1) ist von Gusseisen, ebenso der Kranz ϑ. Dieselben sind um die schmiedeeisernen Speichen η herumgegossen. Die Zahl dieser letzteren ist 12 und dieselben sind abwechselnd nach Innen und nach Aussen geneigt. Zuletzt ist um den Kranz ϑ noch ein schmiedeeiserner Reif gelegt. Die Nabe ist mittelst der Büchse τ und des Holzfutters φ drehbar auf der Achse δ. Das Holzfutter soll die etwa vorkommenden Stösse für die Achse unschädlich machen. Durch die Scheibe ζ und einen Vorstecksplint wird das Abrutschen verhindert. Mit der Vorderachse δ ist durch die Stangen J die Scheere H verbunden zum Anspannen des Pferdes. Soll die Maschine auf schlechten Wegen, insbesondere Feld-

---

*) Ein an der hiesigen polytechnischen Schule angestellter Versuch konnte nicht lange genug fortgesetzt werden, um über diesen Punkt genügende Auskunft zu geben. Doch stellte sich im Uebrigen die Construction als recht zweckmässig und bequeme Handhabung gestattend heraus

wegen transportirt werden, so wird man wol 2 Pferde vorspannen müssen, namentlich wenn der Kessel schon mit Wasser gefüllt ist. Die gabelförmige Stange π verbindet beide Achsen mit einander. An der Hinterachse δ, ist der Feuerkasten B vermittelst der Ringe χ angenietet. Auf der Vorderachse steht ein Bock, dessen runde Mittelstange v_2 oben 4 Arme v_3 trägt, die mit dem vorderen Ende des Kessels resp. dessen Verlängerung vernietet sind. Auf solche Weise ist der Kessel an beiden Endpunkten unterstützt. Ausserdem ist er aber noch mehrfach mit der äusseren Bekleidung durch Schraubbolzen ψ von $^7/_8{''}$ verankert.

Der cylindrische Theil des Kessels hat $27^1/_2{''}$ inneren Durchmesser. Er besteht aus 3 Platten von $^5/_{16}{''}$ starkem Eisenblech. Dieselben sind an den Kanten stumpf aneinander gestossen und mit einem aufgelegten Blechstreifen vernietet (I d). Der innere Feuerkasten (I e Fig. 2, I d, I g Fig. 1) ebenfalls aus Eisenblech von $^5/_{16}{''}$ hat einen rechteckigen Querschnitt. In den 4 Ecken sind dreieckige Träger t_1 aus Schmiedeeisen angenietet. Auf denselben liegen die gusseisernen Rostträger t_2 und werden durch je 2 Bolzen gegen Verschiebung gesichert. Diese tragen die gusseisernen Roststäbe u_1. Dieselben sind theils schlicht, theils an den Enden mit Nasen versehen, um die nöthigen Zwischenräume hervorzubringen. Der äussere Feuerkasten ist mit dem inneren durch Stehbolzen verbunden. Oben sind dieselben noch durch zwei Winkeleisen s_2 und die Bolzen s_3 verankert. Die runde Schüröffnung wird durch die gusseiserne Feuerthür s_1 verschlossen. Unter dem Rost ist mittelst Ketten der Aschenkasten Q aufgehangen. Er besteht aus Eisenblech; die Vorder- und Hinterwand sind behufs Entleerung um Charniere drehbar, werden aber für gewöhnlich durch Vorstecksplinte in vertikaler Lage gehalten. Der Feuerkasten ist von einer Holzbekleidung umgeben, mit Ausnahme der Hinterwand, welche die Feuerthür s_1, die Probirhähne b und b_1 und das Wasserstandsglas a enthält. ccc sind Oeffnungen zum Ablassen des Wassers, für gewöhnlich durch messingene eingeschraubte Pfröpfe verschlossen.

Der Kessel ist mit sechsundzwanzig schmiedeeisernen Röhren λ versehen von $2^3/_4{''}$ äusserem Durchmesser und $^1/_8$ Zoll Wanddicke. Sie reichen von dem inneren Feuerkasten bis zum vorderen Ende des Kessels und sind mit den $^5/_8$ Zoll starken Endplatten nur durch Umbörteln des Randes verbunden (ohne konische Stahlringe). Ueberdies ist der Kessel noch durch 4 Stangen x der Länge nach verankert und ferner die Endplatten mit den Mantelplatten durch die schrägen Stangen ω verbunden. Vor den Enden der Röhren liegen 2 Klappen a_1 u. a_2, welche um ihre obere Kante drehbar sind und mittelst des Hebels a_3, der hinten mit einem Handgriff τ_1 versehen ist, beliebig weit geöffnet

werden können. Dadurch wird der Zug regulirt. Derselbe geht nämlich vom Feuerkasten aus durch die Röhren, dann zwischen dem Kessel
und der äusseren Bekleidung O zurück nach dem Rauchkasten C und
dem Schornstein L Hier wird er noch, wie bei den Locomotiven,
durch das Ausblasen des Dampfes aus dem Blasrohr t_2 verstärkt (I e
Fig. 2). Das Funkenwerfen ist durch das mehrmalige Umbiegen der
Luftströmung vollständig vermieden. Die Heizfläche des Feuerkastens
in Bezug auf die Berührung mit Wasser beträgt 22 $\square'$, die der Röhren
135,7 $\square'$, also totale Heizfläche 157,7 $\square'$.

Der Kessel ist umgeben von der Bekleidung O. Dieselbe hat einen
ovalen Querschnitt und ist ebenso wie der Kessel zusammengesetzt aus
$1/8''$ dickem Blech. Nur wird die obere Decke aus einer Gusseisen-
platte E gebildet (I f Fig. 1—4), welche sämmtliche bewegliche Be-
standtheile trägt. Diese Platte hat zu beiden Seiten einen Ansatz b,
auf welchen das Blech gelegt und mittelst eines aufgelegten Blech-
streifens festgeschraubt ist. Am vorderen Ende ist das Ganze durch
einen Deckel S aus Eisenblech, der mit 2 Handhaben c_1 versehen ist,
zu schliessen. An die Blechplatten O ist nämlich vorn ein Winkelring
b_2 angenietet, hinter welchen Krücken fassen, die mit den Handhaben
verbunden sind (I d). Der ganze Deckel passt aber in einen eisernen
Reifen, der vorne umgelegt ist und $1/4''$ vorsteht. Die ovale Bekleidung
O ist 5' $0^3/4''$ lang; dann geht sie hinten in den Rauchkasten C über.
Derselbe schliesst sich unterhalb an dieselbe an, bekommt aber oben
einen rechteckigen Querschnitt, der sich nach oben verjüngt. Er ist
aus 2 Blechplatten gebildet. Die Vorder- und Hinterwand, erstere aus
Blech, letztere aus Gusseisen, sind an mit den Seitenplatten vernietete
Winkeleisen c_2 angeschraubt (I f Fig. 5). Die vordere Platte ist
ausserdem unten an einen Vorsprung der Platte E angeschraubt. Auf
der rechten Seite befindet sich ein viereckiger Ausschnitt, der durch
die Platte β bedeckt wird. Nach Wegnahme derselben kann man ins
Innere des Rauchkastens hineinsehen und den Russ, der sich angesetzt
hat, abkratzen. Derselbe fällt dann zwischen O und dem Kessel herunter und kann unten, nachdem man die Platte d_1 losgeschraubt, leicht
herausgeschafft werden. Auf der Decke des Rauchkastens steht das
Gussstück γ. Mit demselben ist der Schornstein L durch ein Charnier
verbunden. Beim Gebrauch wird derselbe aufrecht gestellt und durch
einen Schraubbolzen in dieser Lage erhalten Nachher wird er her-
untergeklappt, auf die Stütze t gelegt und daselbst durch einen Ring
mit Charnier befestigt, so dass man mit der Maschine in eine gewöhnliche Scheune oder Remise hineinfahren kann.

Das Mannloch befindet sich am vorderen Ende des Kessels; es ist
durch die Platte Y verschlossen, die sich inwendig mit einem Falz
gegen die Endplatte des Kessels legt und von aussen mit Hülfe des

Bügels Z und der Schraubbolzen d_2 dampfdicht angezogen wird. — Das Sicherheitsventil f hat $2\frac{1}{2}''$ Durchmesser und wird durch einen Hebel g niedergedrückt, der mit dem Salter'schen Federmanometer h in Verbindung steht. w_3 ist eine durch einen messingnen Pfropf verschlossene Röhre, durch welche man mittelst eines Schlauchs und einer gewöhnlichen Handpumpe Wasser in den Kessel füllt. In Ermangelung eines Schlauchs kann dies auch nach dem Herausnehmen des Sicherheitsventils mittelst Eimer geschehen.

Die Speisung des Kessels während des Gebrauchs geschieht in folgender Weise: Der rechts vom Feuerkasten angebrachte hölzerne Wasserkasten K hat 2 durch ein vertikales Drathsieb getrennte Abtheilungen. Die hintere hat einen Klappdeckel und wird von Zeit zu Zeit mit einem Eimer Wasser gefüllt. Die vordere enthält unten ein Ventil x_1 (I g Fig. 2 u. ff.), welches durch eine Flügelmutter geöffnet und geschlossen werden kann. Durch dieses Ventil steht der Kasten mit der Röhre u in Verbindung, die ihrerseits in das weitere Rohr v mündet. Diese dient als Vorwärmer; das Einspritzrohr u geht weit in dieselbe hinein und lässt das Wasser an seinem Umfange durch viele kleine Löcher hindurch. Durch die Röhre y tritt ein Theil des abziehenden Dampfes hinzu, der so das in v enthaltene Speisewasser vorwärmt. Aus v gelangt das erwärmte Wasser durch w zur Pumpe P und wird von hier durch x in den Kessel gedrückt. Sämmtliche Röhren sind von Schmiedeeisen und an den Verbindungsstellen durch Schraubengewinde und aufgesetzte Muttern gedichtet. Die Pumpe hat 2 scheibenförmige Ventile y_1 und y_2, die übereinander liegen. Seitwärts befindet sich ein Pröbirhahn α_1. Der Plungerkolben y_3 wird vom Excentrik X aus mittelst der Schubstange ϱ bewegt.

Durch das Absperrventil gelangt der Dampf in die Röhre z (I f Fig. 5). Dasselbe besteht aus einer in 4 Quadranten getheilten Scheibe m_1, von denen 2 offen, 2 geschlossen sind. Hinter derselben ist eine eben solche Scheibe m_2 mittelst der Handhabe e drehbar und kann so die Zuströmungsöffnung des Dampfes vergrössert, verkleinert oder auch ganz geschlossen werden. Durch 2 Ansätze an dem Index β_3 wird die Bewegung der Handhabe auf $\frac{1}{4}$ Umdrehung beschränkt. In der Röhre z befindet sich ferner die Drosselklappe, welche vermittelst des Hebels i und der Stange j vom Regulator R aus gestellt wird. Die Stange j geht lose durch eine mit den Endplatten des Feuerkastens verbundene Hülse e_1. Ihre Länge wird durch eine messingne Schraube k regulirt. Sie besteht nämlich aus 2 Theilen, welche am Ende, der eine ein rechtes, der andere ein linkes Schraubengewinde haben, wozu sich in k die entsprechenden Muttern befinden. Man kann auch j ganz aushängen und der Drosselklappe mit der Hand die erforderliche Stellung geben.

Der Schieberkasten *U* ist von Gusseisen, mit dem Cylinder und den Dampfkanälen aus einem Stück gegossen und rechts durch eine aufgeschraubte viereckige Platte *e₂* geschlossen. Vorne hat er 2 Stopfbüchsen für die Stangen *m*, *n* der beiden Schieber (I f Fig. 13, 16, 17, 22). Der gusseiserne Vertheilungsschieber *T* (I f Fig. 13—15) ist in einen schmiedeeisernen Rahmen *n₁* eingesetzt, der durch Schraubengewinde mit der Schieberstange *n* verbunden ist. Auf der Rückseite von *T* gleitet der Expansionsschieber *Σ* (I f Fig. 18—20), welcher durch eine Feder *n₂* angedrückt wird. Die Dampfkanäle haben einen rechteckigen Querschnitt von ³/₄″ Breite und 4″ Höhe. Der Cylinder *M* ist vorn und hinten durch aufgeschraubte gusseiserne Deckel *f₁* geschlossen, von denen ersterer die Stopfbüchse für die Kolbenstange *q* enthält. Der Kolben ist mit Metallliederung construirt (I f Fig. 6—12). Auf der unten konischen Kolbenstange *q* ist durch einen Keil *o₁* das Gussstück *o₂* befestigt; an demselben befinden sich in *p₁ p₁ p₁* Stifte, welche den schmiedeeisernen Bogenstücken *p₂* zur Führung dienen. Die Liederung geschieht durch zwei Messingringe *q₁*, die schräg aufgeschnitten sind und durch die Bogenstücke *p₂*, die Federn *q₂* und die Schrauben *q₃* fest an den inneren Umfang des Cylinders angepresst werden. Durch die Schmierbüchse *k₂* erhält er das nöthige Oel. Der Hahn derselben hat zwei verschiedene Stellungen. Bei der einen steht der innere Raum der Schmierbüchse mit der äusseren Luft in Verbindung, bei der anderen mit dem Cylinder, so dass also zur Zeit nur wenige Tropfen in denselben gelangen können (siehe I g). Der entweichende Dampf geht durch das Blasrohr *t₂* in den Schornstein.

Der Cylinder sammt dem Schieberkasten liegt innerhalb des Rauchkastens *C*, wodurch der Condensation des Dampfes vorgebeugt wird, und ist mit 6 Schrauben auf der Deckplatte *E* befestigt. Dieselbe trägt ausserdem noch die Gradführung der Kolbenstange, die Lager für die Krummzapfenwelle, die Stützen *t* und *g₁*, den Centrifugalregulator *R* und bildet endlich, wie schon gesagt, einen Theil der Verkleidung (I f Fig. 1—4). Die Kolbenstange *q* ist mit dem gusseisernen Kreuzkopf *r* verbunden (I f Fig. 23—25), der unten einen schwalbenschwanzförmigen Ausschnitt hat, womit er auf der Stahlschiene *r₁* gleitet, welche auf *E* aufgeschraubt ist. Wird die Führung mit der Zeit schlottrig, so kann man dadurch nachhelfen, dass man die Schiene *r₁* auf der unteren Seite abhobelt und wieder fest anschraubt. Mit dem Kreuzkopf ist ferner durch einen drehbaren Bolzen die Lenkstange *o* verbunden (I f Fig. 26, 27), welche den Krummzapfen *g₂* der Welle *D* in Bewegung setzt.

Die geschmiedete Welle ist 3″ stark, auf ihrer ganzen Länge abgedreht und durch 2 auf der Platte *E* stehende Lager unterstützt. Ausserhalb der Lager trägt sie einerseits die Riemscheibe *G* und das

Excentrik X (I f Fig. 44 + 46) zum Betriebe der Speisepumpe P, andrerseits das Schwungrad F. Dieses ist auf seinem Umfange cylindrisch abgedreht, um auch als Riemscheibe benutzt werden zu können; es wiegt 680 ℔. Zwischen den Lagern trägt die Welle den Krummzapfen, die beiden Excentriks V (I f Fig. 28 – 30, 33, 34) und W (I f Fig. 40 – 43) zur Bewegung der Schieber, endlich die Vorrichtung zur Veränderung der Expansion. Ueber die Welle wird unmittelbar ein Riemen l geschlagen zur Bewegung des Regulators R.

Die Veränderung der Expansion geschieht auf folgende Weise: Die vermittelst eines Handrades drehbare Stange s trägt vorn ein kleines konisches Rad i_3, welches in ein anderes konisches Rad i_2 eingreift (I e Fig. 1), welches auf der flachgängigen Schraube i_1 festgekeilt ist. Die Mutter dieser Schraube bildet der aus 2 durch Schrauben h_2 vereinigten Hälften bestehende Messingring h_1 (I f Fig. 35, 36), der in dem zugleich als Oelbehälter dienenden Gussstück k_1 (I f Fig. 37 – 39) seine Führung findet, so dass die Schraube sich drehen, der Ring sich verschieben kann. Der Ring h_1 umfasst die gusseiserne Hülse i_1 (I f Fig. 31, 32), so dass dieselbe sich in dem Ringe drehen kann, aber nur mit demselben verschieben. Die Hülse i_1 ihrerseits ist auf der Welle D mittelst eines eingeschraubten Schlüssels, der in eine Nuth der Welle D passt, verschiebbar. Die eine der beiden Schrauben, womit der Schlüssel befestigt ist, trägt einen Knopf, welcher durch den schraubenförmigen Schlitz der mit dem Expansions-excentrik verbundenen Hülse V geht (I f Fig. 28 – 30). Dreht sich also die Welle D, so dreht sich auch die Hülse i_1 und nimmt vermittelst des Knopfs auch das Excentrik V mit, welches in der Stütze g_1 sein Lager findet.

Dreht man nun die Achse s, was während des Ganges der Maschine geschehen kann, so dreht sich auch die Schraube i_1; mithin verschiebt sich der Ring h_1, mit ihm die Hülse i_1 und der Knopf. Durch diesen wird vermöge des schraubenförmigen Schlitzes das Excentrik etwas verdreht und dadurch der Lauf des Schiebers Σ, mithin die Grösse der Expansion verändert. Die Grösse der möglichen Verdrehung beträgt 90° und es kann dadurch die Expansion von $^0/_{10}$ bis $^{10}/_{10}$ verändert werden. In I f Fig. 5 ist der Schieber Σ so gezeichnet, als ob gar keine Expansion stattfände, was auch dem in den übrigen Figuren gezeichneten Stande der Maschine entspricht. Die punktirte Stellung gehört dem anderen Extrem der Expansion $^0/_{10}$ an, so dass gar kein Dampf zutreten kann.

8

Tafel II a und II b.

Hurwood's patentirte Mühle mit stählernen Mahlscheiben.

Taf. II a. Fig. 1. Die Seitenansicht.

Fig. 2. Der Längendurchschnitt (ohne Schüttelzeug).

Fig. 3. Halb Vorderansicht und halb Durchschnitt (ohne Schüttelzeug, Sieb und Schuh).

Taf. II b giebt die einzelnen Theile der Maschine besonders und in verschiedenen Ansichten gezeichnet.

Auf beiden Tafeln sind gleiche Stücke mit denselben Buchstaben bezeichnet *).

Auf 4 Füssen ruht eine Platte A, welche allen übrigen Theilen zur Unterstützung dient. Taf. II b zeigt die Seitenansicht, den Längendurchschnitt und die Untersicht von A. In einem Einschnitte dieser Platte befindet sich ein Gusskörper B, der mit seitlichen Vorsprüngen (Lappen) auf A durch Schrauben befestigt ist. Der untere Theil von B trägt das Spurlager I, während auf der oberen Platte desselben der hohle Cylinder C sein Auflager und seine Befestigung erhält. Der Cylinder C umgiebt die untere drehbare Mahlscheibe und und ist oben durch einen Deckel E verschlossen, der in der Mitte eine runde Oeffnung (Auge) hat. Letztere setzt sich in eine trichterförmige Eintrittmündung (von vierseitigem Querschnitte) fort. An der einen Seite dieses Trichters ist ein Ausschnitt für den Schuh F gebildet, welcher über der Oeffnung im Deckel mündet, während er am obern Ende mittelst einer Schraube, die an G festsitzt, aufgehangen ist. Nahe der Mündung ruht der Schuh auf dem einen Ende eines ungleicharmigen Hebels, der seinen Drehpunkt in einer Gabel hat, die auf den Flantschen des Cylinders und Deckels befestigt ist. Mit dem andern Ende des Hebels ist ein langer vertikal herabhängender Haken mittelst eines kleinen Bolzen drehbar verbunden. Dieser Haken umfasst die horizontale Welle und wird durch einen Keil (oder Schlüssel) derselben bei jedem Umgange herabgezogen, und dadurch der Schuh gehoben, der dann aber sofort durch sein eigenes Gewicht wieder herabsinkt und so eine schüttelnde Bewegung erhält. Auf Taf. II b ist bei H das Schüttelzeug besonders gezeichnet; daselbst sieht man auch eine Gabel, die zur Führung des Hakens dient.

---

*) Irrthümlicher Weise ist auf Taf. II b der Deckel anstatt mit E mit D bezeichnet, sowie der Buchstabe A oben links auf derselben Tafel bei den verschiedenen Ansichten der Platte ganz weggelassen.

Ganz eigenthümlich ist die Einrichtung des Schuhes *F*. Es besteht dieser nämlich aus 2 Abtheilungen, einer oberen und einer unteren; die erstere führt das Getreide auf das Sieb *L*, die andere unter das Sieb. Beide Abtheilungen sind durch Oeffnungen in der Scheidewand mit einander in Verbindung. Diese Oeffnungen können, je nach der Getreidesorte, die gemahlen werden soll, mehr oder weniger geschlossen werden. Dies geschieht mit Hülfe einer ebenfalls und in gleicher Ordnung mit rectangulären Oeffnungen versehenen Platte (Schieber), die sich unter obiger Scheidewand verschieben lässt. (Auf Tafel II b bei *F* ist Schieber und Schuh besonders gezeichnet.)

Um die Herstellung von erforderlichen Durchgangsöffnungen für das einfallende Getreide zu bewirken, verrückt man den Kopf einer Schraube, welche nach der beabsichtigten Verschiebung zugleich als Druckschraube zur Sicherung der gegebenen Stellung dient.

Wenden wir uns jetzt zu den wesentlichsten Theilen der Mühle, nämlich zu denen, die das Mahlen verrichten; dies sind zwei Stahlscheiben, von denen die obere mit dem Deckel verbunden, also fest, die untere dagegen drehbar ist. Die obere Scheibe bildet eine in der Mitte etwas vertiefte Fläche (siehe *M*, Taf. II b); auch ist zu beachten, dass die Hauschläge dem Umfange zu an Breite und Tiefe abnehmen. Die eigentlichen Mahlflächen sind aus je 3 concentrischen Stahlringen *a*, *b* und *c* gebildet, welche ähnlich den gewöhnlichen Mühlsteinen mit Hauschlägen versehen sind. Die Befestigung dieser Ringe auf den gusseisernen Unterlagen geschieht durch Schrauben mit versenkten Köpfen. Die Durchschnittsflächen der Ringe *a*, *b* und *c* sind auf Taf. II b in wahrer Grösse dargestellt.

Um den Abstand der Scheiben nach Erforderniss grösser oder kleiner machen, d. i. die Mühle stellen zu können, ruht das Rothguss-Futter des Spurlagers *I* auf einer Schraube, durch deren Umdrehung die Welle nebst der damit verbundenen unteren Mahlscheibe gehoben und gesenkt werden kann. Zur Regulirung der senkrechten Stellung der Welle dienen 3 seitliche Schrauben am Spurlager.

Die Riemenscheibe der horizontalen Welle nimmt die Bewegung von der Kraftmaschine auf und überträgt sie durch ein Paar gleich grosse konische Räder (jedes hat 25 Zähne) auf die stehende Welle. Um diese Räder bei vertikaler Verschiebung der letzteren in gutem Eingriffe zu halten, ruht das Rad derselben auf einem Bügel; zwischen Rad und Bügel befindet sich jedoch noch ein Ring, der auf der untern Platte von *B* festgeschraubt ist und das Rad unterstützt. Zwischen der Bütte *C* und dem zuletzt bemerkten konischen Rade ist auf die Welle eine Büchse *k* geschoben, welche mit einem Schlitze versehen ist, um dem Keile, der zur Verbindung von Rad und Welle dient, eine freie Bewegung zu gestatten. Um an allen erforderlichen

Theilen zu schmieren, befindet sich an der einen Seite des Cylinders C eine kleine Schmierbüchse, von der das Oel durch ein Rohr nach dem Halslager im Boden des Cylinders C geführt wird und an der ganzen Welle hinunterfliesst.

Das Getreide wird in den Rumpf geschüttet und gelangt am unteren Theile desselben durch eine Oeffnung, die durch einen kleinen Schützen mit Hülfe einer Schraube grösser oder kleiner gemacht und auch geschlossen werden kann, in den Schuh F durch dessen schüttelnde Bewegung das Getreide fortwährend zuströmt. Durch die oben beschriebene Einrichtung des Schuhes werden grössere Stücke, z. B. Aehren, Steine u. dergl., die etwa das Getreide verunreinigen sollten, von diesem abgesondert und gelangen auf das Sieb, während das gereinigte Korn durch das Auge im Deckel zwischen die Mahlscheiben kommt, gemahlen oder vielmehr zerschnitten wird und an der Peripherie zwischen den Platten, zufolge der auftretenden Fliehkraft, austritt. Die damit fortgerissene Luft erzeugt zugleich eine Art von Ventilation und respective Abkühlung des Mahlguts. Das Schrot wird nun von dem Cylinder C aufgenommen, an dessen vorderer Seite sich eine Oeffnung befindet, durch welche ihm ein Ausweg geboten wird. Vor dieser Oeffnung ist ein Ausgussschuh angeschraubt, der dem Getreide eine zweckmässige Anstritts-Richtung giebt. Durch 3 Arme (Flügel oder Jäger), die mit der unteren Scheibe verbunden sind, wird das Mehl fortwährend nach der Mündung des Cylinders hingeschafft.

Was die Leistung der Maschine betrifft, so haben die in der polytechnischen Schule zu Hannover angestellten Versuche gelehrt, dass sich die Mühle vortrefflich zum Schroten, weniger aber zum Mehlmachen eignet, überhaupt das bekannte Urtheil der eisernen Mahlscheiben gegenüber den Mühlsteinen bestätigt.

In dem neuesten Kataloge von Ransomes und Sims, aus deren Fabrik in Ipswich die Mühle hervorgeht, finden wir angegeben, dass per Stunde mit ? Pferdekräften folgende Quantitäten gemahlen werden:

6 Bushels*) Weizen zu Mehl, genügend fein, ausgezeichnetes
    Braun-Brod daraus zu backen.

8 Bushels Gerste zu Futtermehl;

6 Bushels Bohnen zu feinem Mehl;

8 Bushels Bohnen zu Schrot;

6 Bushels türkischer Weizen fein;

6 Bushels Leinsamen fein;

8 Bushels Linsen fein.

Preis der Mühle bei dem erwähnten Fabrikanten 20 £.

---

*) 1 Bushel == 1,167 Ht. hannov

Tafel III a und III b.

Hurwood's patentirte Schrotmühle mit stählernen Mahlscheiben.

Von dieser Mühle, dem Grundprinzipe der ganz ähnlich, welche auf den beiden vorhergehenden Tafeln dargestellt ist, wird in
Taf. III a. Fig. 1 eine Vorderansicht,
      Fig. 2 eine Seitenansicht,
      Fig. 3 eine Hinteransicht,
      Fig. 4 ein Längendurchschnitt,
und zwar in ⅕ der wahren Grösse gegeben.

Ferner sind auf
Taf. III b in ½ der wahren Grösse die nöthigen Details zum Schuhe nebst Schüttelvorrichtung, zum Siebe, Mahlscheiben- etc. abgebildet.

Die ganze Maschine ruht mittelst einer gusseisernen Platte A auf einem hölzernen Gestelle, welches mit jener durch 4 Schrauben verbunden ist und durch 4 schräg gestellte Beine unterstützt wird. Hart am vorderen Rande sitzt eine hohle cylindrische Trommel (Bütte) B auf der Platte und ist mittelst Schrauben, welche durch Flantschen der Trommel gehen, mit dieser verbunden. Sie dient dazu, die sogleich zu beschreibenden Mahlscheiben aufzunehmen oder einzuschliessen. Was die gedachten Mahlscheiben betrifft, so ist zu bemerken, dass die festliegende $\alpha\alpha$ (Fig. 4) auf dem Deckel rechts der Trommel B, während die bewegliche $\beta\beta$ auf der Scheibe γ festgeschroben ist, welche letztere auf der Trieb-Welle F festsitzt. Jede dieser Mahlscheiben wird von 2 concentrischen Stahl-Ringen η und λ (Fig. 6) gebildet, die durch Schrauben mit versenkten Köpfen auf γ befestigt sind. Diese Stahlringe sind mit messerförmigen Schneiden oder Hauschlägen versehen, ähnlich denen, wie sie bei dem gewöhnlichen Mühlsteine vorkommen. Unmittelbar vor der Mahlscheibe ist die Welle schraubenartig gewunden, um ein bequemeres Einfliessen des Getreides zwischen die Mahlscheiben zu bewerkstelligen. Das gemahlene Getreide tritt an der Peripherie der Mahlscheiben aus denselben heraus und wird durch 3 Flügel oder Jäger, welche mit der untern gusseisernen Scheibe γ verbunden sind, nach der unten angebrachten Ausflussmündung hingeführt. Um dem ankommenden Getreide und zugleich der, die bewegliche Mahlscheibe tragenden Welle den Durchgang zu verschaffen, befindet sich in der Mitte des Trommelbodens eine 7 Centim. im Durchmesser haltende kreisrunde Oeffnung (Auge).

Die offene Seite der Trommel ist durch den vertikalen Deckel C geschlossen, (Fig. 7 im Detail), dessen Befestigung mit der Trommel durch 6 Schrauben erfolgt, welche durch die Trommel flantschen. Die Verschlussscheibe *C* der Trommel *B* ist in der Mitte nach aussen mit einem cylindrischen Ansätze *D* (Fig. 4) versehen, in dessen äusseren Mantel eine Schraube geschnitten ist, deren Mutter in der cylindrischen Büchse *E* sitzt. Durch die Umdrehung von *E* wird 'ein Näher- oder Entfernterstellen der Mahlscheiben bewirkt, da die Axe *F* derselben durch den zweitheiligen Ring *x* mit der Büchse *E* derartig verbunden ist, dass letztere neben der Drehbewegung zugleich eine fortschreitende Bewegung annehmen muss. Um die einmal angenommene Stellung der Büchse *E* und somit die Entfernung der Mahlscheiben zu erhalten, dient ein Zahn oder Schieber *H*, welcher zwischen Zähne am Umfange der Büchse fasst oder fällt und so ein ferneres Umdrehen der Büchse *E* verhindert.

Vor dem oben erwähnten Auge im Trommelboden befindet sich ein hohler Körper *I* von vierseitigem Querschnitt, der von oben her den Trichter *K* (Fig. 4) mit dem Siebe aufnimmt.

In einen rechtwinkligen Ausschnitt von *I* ragt das vordere Ende des Schuhes *L* hinein, dessen Einrichtung folgende ist. (Taf. III b in 3 Ansichten und einem Längendurchschnitt.) Der Zweck dieses Schuhes ist der, das Getreide aus dem Rumpfe *M* durch den Körper *I* zwischen die Mahlscheiben zu bringen. Hierbei soll er zugleich bewirken, etwaige grössere Körper, die das Getreide verunreinigen möchten, Aehren, Erdtheilchen, Steine u. dergl., vom guten, mahlfähigen Getreide zu sondern, und erstere auf das Sieb *K* zu bringen, wo sie sich ansammeln, letzteres jedoch zwischen die Mahlscheiben zu führen. Aus diesem geht seine Eintheilung in 2 übereinander liegende Räume oder Kammern ganz natürlich hervor. Die Scheidewand beider enthält 3 rechtwinklige Oeffnungen, welche nach Beschaffenheit der Getreidesorte und sonstigem Ermessen erweitert und verengt werden können. Dieses Verschieben geschieht, nachdem die Druckschraube *b* gelöst ist, durch einfaches Verschieben, wobei man an den Flügeln der gedachten Schraube *b* anfasst. Ist dabei der Zeiger auf den Buchstaben *O* gestellt (*open*), so sind die Oeffnungen in der Scheidewand *d* ganz offen, steht er auf *S* (*shut*), so sind sie geschlossen. Das gute Getreide fällt also durch diese Oeffnungen und gelangt direct durch das Auge im Trommelboden zwischen die Mahlscheiben. Der Trichter mit dem Siebe ist auf Taf. III b Fig. 10 und 11 im Grund- und Aufrisse in halber Grösse gezeichnet. Der Ausschnitt an der einen Seite dient zur Aufnahme des vorderen Schuhendes. Damit ein regelmässiges, continuirliches Durchfliessen des Getreides durch den Schuh und nicht etwa ein Ansammeln und Verstopfen eintrete, ist mit diesem Schuh eine Schüttelvorrichtung verbunden. Zu dem Ende ist der Schuh mit einer Seite an der äusseren Fläche des Rumpfes bei *e* aufgehangen, während das andere Ende in dem oben erwähnten Ausschnitte von *I* mit dem gehörigen Spielraume liegt. An einem Punkte, etwa ¼ seiner ganzen Länge, vom Aufhängepunkte ab gerechnet, ist in einem Charnier eine Stange *f* drehbar, welche mit Hülfe der, in die Platte *A* bei *g* (Fig. 4) gebohrten Oeffnung eine vertikale Stellung erhält. Diese Stange erweitert sich in der Höhe der, weiter unten noch zu erwähnenden Welle *F* zu einer elliptischen Oeffnung, mittelst welcher sie auf die Welle gesetzt wird (Taf. III b Fig. 9). Auf der Welle ist daselbst ein Keil *h* befestigt, welcher bei jedesmaliger Umdrehung, wenn er den höchsten Punkt erreicht hat, den Schuh in die Höhe hebt. Der Schuh fällt sofort durch sein eigenes Gewicht wieder resp. auf den Ausschnitt in *I* und (mittelst der Stange) auf die Welle herab, und beharrt so lange in dieser Lage, bis er bei wiederholter Umdrehung von Neuem gehoben wird. Um den Zufluss des Getreides in den Schuh zu reguliren und resp. abzusperren, dient der Schieber *P*, dessen Wirksamkeit aus dem Längendurchschnitt Fig. 4 und dem Detail Fig. 7 erhellt.

Wir betrachten jetzt die Welle nebst den sich daran knüpfenden Vorrichtungen. Sie hat eins ihrer Auflager in dem Halsstücke der Platte *C*, wohin ein kleines Rohr, an der Vorderseite des Deckels sichtbar, Oel zum Schmieren gelangen lässt. Das andere Auflager findet die Welle in dem Booklager *R*, über welches hinaus sie 2 Riemscheiben *S* und *T* trägt, wovon die eine fest, die andere lose auf ihr sitzt. — Sollten die Mahlscheiben ihre parallele Stellung zu einander verlieren, so liegt zur Wiederherstellung derselben ein sehr einfaches Mittel darin, die Welle am entgegengesetzten Ende heben und senken zu können. Es wird dies auf folgende Weise bewirkt (Taf. III a Fig. 8 und Taf. III b Fig. 12) Auf der Platte *A* befinden sich 2 schiefe Ebenen *i i*, auf welche die Verbreiterung des Lagergestelles in entsprechender Weise trifft. Um ein seitliches Verrücken zu umgehen, sind in den unteren schiefen Ebenen 2 Nuten angebracht, in welche die resp. Federn der oberen Theile greifen (Fig. 13).

Die Bewegung geschieht durch Umdrehung des Schraubenkopfes *l*; die Mütter der Schraubenspindeln *m m* sitzen in den Lappen *n n*; die Seitenschrauben *o o*, sowie die Druckschrauben *p p* (Fig. 3 u. Fig. 12) dienen zur Sicherung der einmal eingenommenen Stellung. Der in der Platte *A* unterhalb des Schraubenkopfes *l* gemachte Ausschnitt hat weiter keinen Zweck, als den, mit dem Schraubenschlüssel ohne Hinderniss von Seiten der Plattengliederung einen grösseren Bogen beschreiben zu können.

Tafel IV a und IV b.

Ransome's und Sims' patentirte Doppelcylinder-Schrotmühle.

Der Zweck dieser Maschine ist, Getreide zu zermahlen, zu zerkleinern, und zwar können sowohl feine Getreidearten, wie Gerste, Hafer etc., als auch grobe, wie Bohnen u. dgl., auf derselben gemahlen werden.

Wie bei jeder derartigen Maschine, hat man auch hier Zuführapparat, Mahlapparat und Gestell zu unterscheiden. Was den Zuführapparat betrifft, so gelangt das Korn aus dem Rumpf R (Fig. 1), wo hinein es geschüttet wird, auf ein geneigt liegendes Blech T, welches durch die Schüttelvorrichtung (s. weiter unten) fortwährend in eine schüttelnde Bewegung versetzt wird. Von T aus fällt es direct zwischen die Walzen, wo es verarbeitet wird, und zwar fallen die gröberen Getreidearten zwischen die Walzen A und B, die feineren zwischen B und C, je nachdem man die Einrichtung danach trifft. Unter dem Blechstück T befindet sich nämlich ein Schieber y, der beim gröberen Getreide die Stellung wie in Fig. 1 erhält, also ganz zugeschoben ist, bei den feineren Arten hingegen die Stellung wie in Fig. 1 a einnimmt, die dadurch hervorgebracht wird, dass man durch Anfassen an n den Schieber herauszieht, wodurch sich dann die Klappe öffnet und das Getreide direct zwischen die hinteren Walzen B und C fällt. Damit diese Klappe x nicht an die Walzen kommt, ist zur Seite ein Blech x^1 angebracht, gegen welches sich x (Fig. 1 a) legt, wodurch also diesem Umstande abgeholfen ist. Das zwischen B und C sowohl, als bei dem feineren Getreide zwischen A und B zerkleinerte Getreide fällt durch das, in dem Gestell befestigte und einen Kasten bildende Stück O in einen auf die Erde gestellten Behälter, in dem man es ansammeln will.

Die Bewegung der Maschine geschieht folgendermaassen: Durch Umdrehen der Kurbeln P und P^1 (Fig. 3) wird die Welle, an der sich beide befinden, und somit die Walze A in eine drehende Bewegung versetzt. Auf dieser Welle ist ein Zahnrad D angebracht, welches durch Eingreifen in ein gleiches E dieses, so wie die Walze C und das auf derselben Welle befindliche Trieb G in Bewegung setzt, und zwar in entgegengesetzter Richtung wie die Walze A. Auf gleiche Weise wird durch G das Rad F und somit auch die mittlere Walze in eine Drehbewegung und zwar wieder eine C entgegen gerichtete versetzt. Die Walzen A und B drehen sich also nach derselben Richtung, während B und C eine entgegengesetzte Drehbewegung haben. Sämmtliche Zahnräder, so wie das Schwungrad H, welches eine

gleichmässige Bewegung der Maschine bezwecken soll, sind mit den
Wellen durch Keile fest verbunden, welches genau aus Fig. 8 ersichtlich, in welcher die hintere Welle nebst Zubehör in grösserem Massstabe und zwar halb Ansicht, halb Durchschnitt verzeichnet ist.
Sämmtliche 3 Wellen laufen in Messingbüchsen a (Fig. 3, 7 und 8),
an denen sich ein viereckiger Theil a^1 befindet, mit dem sie in dem
Gestell bei w, w und t (Fig. 4) liegen, zu welchem Ende Oeffnungen
in demselben (Fig. 5) aufgesperrt sind. Die Oeffnungen für die Lager
der mittleren Walze sind grösser wie die hinein gehörenden Messingbüchsen (Fig 5), weil diese in gedachten Oeffnungen verschiebbar
sein müssen, um die mittlere Walze bald der hintern, bald der vordern mehr oder weniger zu nähern, je nachdem man feine oder grobe
Getreidearten und diese wiederum fein oder grob mahlt. Die Messingbüchsen a sind mit ihrem hintern Theile in die Walzen, wie aus
Fig. 8 ersichtlich, eingelassen, welche dem entsprechend ausgedreht
sind. Auf den Umfängen der Walzen B und C befinden sich in schwach
ansteigenden Schraubenlinien laufende Riffeln, auf der Walze A hingegen sind die Riffeln mit der Axe parallel laufend. Die Walzen A
und C sind Fig. 11 und 12 in grösserem Massstabe verzeichnet. Die
Walze C hat 72 Riffeln, die Walze B hat 80, die der letzteren sind
etwas stumpf, so dass sich oben eine kleine Fläche befindet.

Das Stellen der Walzen geschieht folgendermaassen: Auf den beiden Messingbüchsen der Walzen A und B befinden sich gusseiserne
Lager (Fig. 3 und 15), die an ihrem untern Theil p eine Schraube aufnehmen, welche bei b im Gestell ihr Lager hat und auf deren verlän-
gertem cylindrischen Theil sich ein Zahnrad N befindet, in welches ein
grösseres Rad L eingreift, welches durch einen Bolzen q und Mutter s
am Gestell befestigt ist. An diesem Rade L befindet sich behuf Um-
drehens desselben ein Griff M, der auf der hintern Seite des Rades
vernietet ist. Wird nun auf diese Weise L gedreht, so werden gleichzeitig die Räder N nach einer Richtung in Bewegung gesetzt, somit die
Axen, auf denen sie sich befinden, so wie die Schrauben umgedreht.
Diese Schrauben können indess, da sie bei b fest im Lager liegen, sich
nicht fortbewegen, vielmehr muss hier eine fortschreitende Bewegung
der Mutter, d. i. des Lagers erfolgen, welche Bewegung auch die mittlere
Walze B mitmachen muss, weil nämlich die Büchsen A derselben fest
in das Lager K passen. Dieses Lager muss sich ebenfalls mit fortbewegen, was auch geschehen kann, weil, wie schon erwähnt, die Oeffnung t
im Gestell grösser als der hinein gehörige Theil a^1 der Büchse ist. Bei
der Walze A hingegen ist es umgekehrt. Diese liegt nämlich im Gestell
fest, während die Messingbüchse im Lager k verschiebbar ist, wie aus
Fig. 15 ersichtlich. Je nachdem man also das mittlere Rad L nach der
einen oder andern Seite dreht, wird die mittlere Walze der hintern oder

vordern sich nähern. Im Lager *k* wie in den Messingbüchsen *a* befinden sich sogenannte Schmierlöcher *r* (Fig. 3 und 15), um die Wellen an den Lagerstellen mit Oel versehen zu können.

Als nicht überflüssig mag hier erwähnt werden, dass man beim Zusammensetzen der Maschine zu beachten hat, dass beide Schrauben gleich weit in die Lager *K* eingreifen, damit die Walzen genau parallel gegen einander stehen, was sonst nicht der Fall sein würde.

Um ein Verstellen der Walzen beim Arbeiten der Maschine zu verhindern, ist auf dem obern Theil derselben ein Hebel *g* angebracht (Fig. 1, 10, 14 und 17), der, wie aus Fig. 10 ersichtlich, den einen Zahn des Rades *L* ganz umfasst, so dass nur ein Drehen des Rades erfolgen kann, wenn der Hebel ausser Eingriff mit dem Rade gebracht wird. Der Hebel hat bei *h* seinen Drehpunkt und erhält in *k* noch eine Führung.

Das Schütteln des Getreides endlich wird folgendermassen erreicht: An dem Zahnrade *D* befindet sich eine excentrische Scheibe *I* (Fig. 3 und 10), die mit dem Zahnrade aus einem Stücke gegossen ist und auf welcher ein entsprechend geformter Arm *l* (Fig. 2, 10, 14) liegt, der sich auf einer Welle *w* (Fig. 13) befindet. Auf dieser Welle sind 2 Daumen *m* (Fig. 1 und 13) angebracht, welche unter den Schieber *g* fassen. Beim Drehen des Rades *D* wird sich natürlich die Scheibe *I* mitbewegen und der Hebel *l* wird bald hinauf, bald hinunter gehen, je nachdem er mit dem Theile *z* auf eine erhöhte Stelle *z'* oder eine vertiefte *z''* der Scheibe zu liegen kommt. Die Welle *w* wird demzufolge eine eben so grosse, hin- und hergehende Bewegung machen, wodurch wiederum die Daumen *m* bald auf-, bald abwärts gerichtet werden und so das geneigt liegende Blechstück *T* dieselbe Bewegung mitmachen muss. Durch diese Bewegung erfolgt eben das Schütteln des auf *T* liegenden Getreides.

Was die Figuren überhaupt betrifft, so stellen dieselben Folgendes dar:

Fig. 1 Längendurchschnitt.

Fig. 1a Stellung des Schiebers zum Einführen des Getreides zwischen die hinteren Walzen.

Fig. 2 Längenansicht.

Fig. 3 Grundriss nach Abnahme des oberen Theils der Maschine, des Zuführapparates.

Fig. 4 Grundriss des Gestells.

Fig. 5 Seitenansicht desselben.

Fig. 6 Grundriss und Durchschnitt des Rades *E*.

Fig. 7 Die Büchse *a*, halb in Ansicht, halb in Durchschnitt gezeichnet.

Fig. 8 Die hintere Welle nebst Zubehör, halb Ansicht, halb Durchschnitt.

Fig. 9 Grundriss des Triebes *G*.

Fig. 10 Vorderansicht der Maschine.

Fig. 11 Ansicht und Grundriss der hintern Walze.

Fig. 12 Ansicht und Grundriss der vordern Walze.

Was schliesslich die Leistungen der Maschine anlangt, so mag hier angeführt werden, dass bei einem in Uelzen angestellten Versuche $1/16$ Himten Malz in $1\frac{1}{2}$ Minuten durchgeschroten wurde.

Tafel V a und V b.

Ransome & Sims' Universal - Schrotmühle für Bohnen etc.

Von dieser Mühle zeigt Taf. V a Fig. 1 einen Längendurchschnitt, Fig. 2 eine Ansicht nach derselben Richtung, Fig. 3 einen Grundriss des Schrotapparates, sodann Taf. V b Fig. 1 u 2 die andern Ansichten, sowie endlich Fig. 3 einen Durchschnitt nach der Linie I. II.

Im Wesentlichen zerfällt diese Maschine in folgende Theile und zwar in:

1) das Fussgestell; 2) den Getreidezuführapparat oder das Rumpfzeug; 3) die eigentliche Mühle sammt den Kraftübertragsvorrichtungen; 4) das Stellzeug.

Das Fussgestell besteht aus 4 gusseisernen Pfosten $AAAA$ von T-förmigem Querschnitt, von denen je 2 durch gekrümmte Riegel D' von demselben Querschnitt gegen das untere Ende zu, aber dagegen oben durch eine Platte, auf welche sich der Rahmen CC stützt, gleich im Guss verbunden sind. Die Verbindung dieser beiden Gestelltheile geschieht durch zwischengeschraubte Riegel von geschwungener Form.

Auf die oberen Verbindungsplatten stützt sich, wie gesagt, der Rahmen CC und auf diesen ein Kasten mit geschwungenen Contouren, bestehend aus den Wänden D und zwischen diesen liegenden Verbindungsplatten. Diese 3 Theile, Gestell, Rahmen C und Kasten D sind durch 3 Schraubbolzen aaa mit einander verbunden. An den Wänden ist nun der Rumpf, welcher aus einem oberen hölzernen Theile E und einem unteren gusseisernen F besteht, durch Kopfschrauben β, welche in Ansätze rr des gusseisernen Körpers treten, befestigt. Das in den

Rumpf geschüttete Getreide gelangt durch einen Ausschnitt in dem Stücke *F* auf den Schuh *m*. Jene Oeffnung lässt sich mittelst eines Schiebers *i* und einer Schraube *l* (s. Fig. 3 Taf. V b) zur Regulirung der Getreidezuführung vergrössern und verkleinern. Der erwähnte Schuh, von Eisenblech gefertigt, ist bei *n* mit dem Rumpf vernietet und bewegt sich dort in einem Charnier, um eine Schüttlung zuzulassen. Dieselbe wird durch dreieckige, auf einer durch Zahnräder *f, c* mit der Kurbelwelle verbundenen Axe steckende, Rücken *o* bewirkt.

Das Getreide fällt nun von dem Schuh zwischen 2 Walzen *a a* (Fig. 5 — 6 Taf. V b im Detail gez.), um von diesen zerkleinert zu werden. Zu dem Ende sind jene Walzen mit Furchen in Gestalt eines steilen Schraubengangs versehen. An der Axe einer dieser Walzen stecken nun zwei Kurbeln *x, y*, von welchen die eine an dem Schwungrade *S* befestigt ist. Die Uebertragung der Bewegung auf die andere Walze geschieht durch ein Vorgelege *e, d*, mit $^3/_5$ Umsatzverhältniss, indem das eine Rad 9, das andere 15 Zähne hat. Die Walzen drehen sich daher mit verschiedenen Umfangsgeschwindigkeiten und es muss daher offenbar eine Zerschneidung des Getreides durch die scharfen Furchen entstehen, worauf es durch eine Rinne *u* abgeführt wird. Die Lagerung der Walzen wird durch messingene Backen *bb*, welche in Ausschnitte des Rahmens *C* gesteckt sind, bewirkt. Zur Vermeidung einer seitlichen Verschiebung derselben sind sie mit Seitenrändern versehen.

Um ferner ein mehr oder weniger feines Schrot hervorzubringen, so sind die Lagerbacken der einen Walze mit Armen *p p* versehen (siehe Taf. V a Fig. 3—6), welche rechteckige Ausschnitte *s* haben. In diese passen die Köpfe zweier Schrauben *q q*, welche ihre Muttern in einer der Wände des Rahmens *C* haben. Auf diese Schrauben sind nun Räder *g g*, welche mit einem Rade *h* in Eingriff sind, gesteckt. Wird nun mittels des Handgriffs *k* das Rad, so die Räder *g*, mithin auch die Schrauben *q* gedreht, so erfolgt eine fortschreitende Bewegung der Schrauben sowie der Lagerbacken und zwar nach derselben Richtung, da die eine der Schrauben *q q* eine rechte, die andere eine linke ist. Die Walzen lassen sich auf diese Weise einander nähern, sowie von einander entfernen.

Um eine bestimmte Stellung der Walzen längere Zeit mit Sicherheit zu behalten, so treten in die Zahnlücken des Rades *h* ein paar Ansätze einer auf der Schale des Kastens *D* befestigten Feder *w*.

Damit kein Getreide über die Walze *a'* in die Rinne *u* fällt, so streicht über dieselbe ein am Kasten *D* befestigter Lederstreifen (siehe Fig. 1 Taf. V a). Um die Walzen endlich unter Aufsicht zu haben, so befindet sich über ihnen eine Klappe *v*.

Tafel VI a und VI b.

Ransome & Sims' Haferquetschmühle.

Diese Maschine, von der vor vielen andern zu wünschen wäre, dass sie in Deutschland allgemeiner Eingang und Anwendung fände, als dies seither der Fall gewesen, ist vortrefflich geeignet, den zur Pferdefüt-terung bestimmten Hafer zu quetschen und so gleichsam das Verdauen dieses Nahrungsmittels für die Thiere vorzubereiten. Die Haupttheile der Maschine sind aus Eisen hergestellt mit Ausnahme des Rumpfes und eines einfachen Bockes von Holz, auf dem die Maschine befestigt ist. Taf. VI a Fig. 1 ist eine Ansicht der Maschine mit dem Schwung-rade a von Gusseisen. Auf der Axe dieses Rades sitzt ein Trieb b mit 10 Zähnen, welches in ein Zahnrad mit 15 Zähnen eingreift, so dass die beiden Walzen c und d mit ungleicher Geschwindigkeit und in ent-gegengesetzter Richtung bewegt werden. Die Walzen sind von Guss-eisen und mit 52 nur wenig vertieften Längeneinschnitten oder ganz flachen Riffeln versehen, die blos ein Festhalten der Körner zum Zwecke haben. Eine der Walzen ist Taf. VI b Fig. 9 und 10 im grössern Mass-stabe gezeichnet. Auf der Axe der Walze c und des Schwungrades ist noch ein zweites Getriebe e aufgeschoben, so wie die Kurbel für den zweiten Arbeiter. Das Trieb e mit 37 Zähnen greift in das Zahnrad g mit 22 Zähnen. An der Axe dieses letzteren sind zwei Excentriks h (Taf. VI b Fig. 6 und 8), durch welche das Sieb k in eine auf- und ab-gehende Bewegung gesetzt wird, und das in den Rumpf l geschüttete Getreide zwischen die beiden Walzen fällt und zugleich von Staub etc. gereinigt wird.

Am Rumpfe befindet sich ein Blechschieber m, der von einer Schraube bewegt werden kann und wodurch die Oeffnung, aus der das Getreide ausfliesst, vergrössert oder verkleinert wird. Der Rumpf wird an den Seiten durch zwei Träger von Gusseisen (n) gehalten, an die er mit Schrauben befestigt ist. — Das gequetschte Getreide fällt durch den Kasten o in ein darunter gestelltes Gefäss.

Der Kasten, in dem sich die Walzen befinden, besteht aus einem untern Theile p und einem obern q, die durch drei Schrauben mit Muttern zusammengehalten werden. Der untere Kasten, Taf. VI b Fig. 3, 4 und 5, hat in seinen Seitenwänden die Ausschnitte für die Lage der Walzen und die Stellvorrichtung der einen. Die Befestigung dieses Kastens auf dem Bocke geschieht durch zwei Schraubenbolzen. Der obere Kasten enthält die Axe mit den Excentriks h, Taf. II Fig. 6 und 7, er ist oben mit einem beweglichen Deckel r geschlossen; in seinen Seitenwänden sind zwei Nuthe mit Holzstäbchen, die dazu dienen, die Walzen von den daran hängen bleibenden Theilen der gequetschten Körner zu reinigen.

2 *

Taf. VI a Fig. 2 ist die Ansicht von vorn auf die Maschine, Fig. 3 ein Längenquerschnitt durch die Mitte und Fig. 4 eine zweite Seitenansicht — Taf. VI b Fig. 1 ist der Grundriss der zusammengesetzten Maschine; Fig. 2 aber ein Grundriss, wenn der Rumpf mit dem Siebe, so wie der obere Kasten abgenommen sind.

Die Lager der Walze c liegen unverschiebbar in den Wänden des untern Kastens; ein solches Lager ist Taf. VI b Fig. 12 in grösserm Massstabe gezeichnet. Der Theil ss von Gusseisen und von derselben Stärke wie die Wand des Kastens entspricht in der Form dem Ausschnitt s in der Wand des Kastens; in dieses Stück ss ist das Lager der Walze von Metall fest eingegossen, auf beiden Seiten mit Flantschen, so dass das Ganze Fig. 12 ein einziges Stück ausmacht, welches auf die Achse geschoben wird. Die Lager der zweiten verschiebbaren Walze d sind ganz auf dieselbe Weise hergestellt. Diese Walze ist Taf. VI b Fig. 9 und 10, eines ihrer Lager in Fig. 11 in grösserm Massstabe gezeichnet. Der Theil t, in welchem die Lager eingegossen, entspricht dem Ausschnitt t in der Wand des Kastens, ist aber um einige Linien kürzer, damit ein geringes Verschieben vor und rückwärts möglich bleibt. Dies Verstellen geschieht durch die drei in einander greifenden Zahnräder, welche in Taf. VI a Fig. 2 in der Ansicht, in Taf. VI b Fig. 1 und 2 im Grundriss gegeben sind. Das mittlere dieser Räder, mit einem Handgriffe versehen, kann nur eine drehende Bewegung annehmen, während die Axen der beiden andern Räder mit Schraubengewinden versehen sind, deren Muttern in den Vorderrand des Kastens liegen. Die eine dieser Schrauben ist rechts-, die andere linksgängig, so dass durch die Drehung des mittleren Rades (mit 31 Zähnen) die beiden andern (mit 30 Zähnen), obgleich sie sich nach entgegengesetzten Richtungen drehen, doch eine fortschreitende Bewegung in demselben Sinne annehmen. Die Enden der Schrauben sind zu einem Kopfe geformt, der in die Ausschnitte u der Walzenlager t fasst, wodurch es also möglich ist, diese Theile und somit die ganze Walze vor- oder rückwärts zu bewegen, und dadurch den Zwischenraum zwischen den beiden Walzen zu verändern. Damit die Verstellung der Walze nicht durch eine zufällige Drehung der Zahnräder erfolgen könne, greift zwischen die Zähne des mittleren Rades eine Feder v, welche an dem obern Kasten befestigt ist und erst ausgehoben werden muss, ehe eine Drehung des Rades erfolgen kann.

Tafel VII a und VII b.

Patentirte eiserne Dreschmaschine

von Barrett, Exall & Andrews, Engineers, Reading in
England.

(Betrieb 2 Pferde am Göpel.)

Prinzip.

Eine aus 2 parallelen Scheiben T und 6 auf diese gebolzten Winkeleisen w bestehende Trommel wird, von einem concentrischen von gerippten schmiedeeisernen Stäben gebildeten Kropfe b, c, den soge-
nannten Gegenschlägern, zum Theil umgeben, in schnelle Drehbewegung versetzt — (etwa 850 — 900 Umgänge pro Minute) — und das
Getreide ihr bei L so zugeführt, dass dasselbe zwischen der Trommel
und dem Gegenschlägerkropfe ausgedroschen werden kann.

Beschreibung.

(Gleiche Theile sind überall mit denselben Buchstaben bezeichnet.)

Taf. VII a. Fig. 1. Seitenansicht der zur Versendung gepackten Maschine.

Fig. 2. Verticaldurchschnitt derselben.

Fig. 3. Grundriss der im Gebrauche befindlichen Maschine.

Fig. 4. Verticaldurchschnitt derselben nach $m\,n$ Fig. 3.

Fig. 5. Die Gegenschläger im Detail.

Fig. 6. Die Spiralstellscheibe im Detail.

Taf. VII b. Fig. 1. Vorderansicht der zur Versendung gepackten Maschine.

Fig. 2. Seitenansicht der Maschine ohne den Wagen.

Fig. 3. Grundriss mit dem Wagen.

Fig. 4. Hinteransicht ohne den Wagen.

Fig. 5. Die Trommel im Detail.

Fig. 6 und Fig. 7. Details.

1. Das Gestell.

Es besteht aus 2 stark gerippten symmetrischen Gusseisenplatten B,
die parallel zu einander durch starke Bolzen g verbunden sind. Die
Aussparungen A derselben sind durch Blechplatten A geschlossen,
die mit den Nieten l an B befestigt sind. Ausserdem befinden sich in
den Seitenwänden B Schlitze für die gezahnten Stangen b, c des
schmiedeeisernen Kropfes. An den beiden oberen der Bolzen g ist
eine Blechplatte C befestigt, die, zwischen den Seitenwänden B lie-

gend, ausserdem durch die schwächeren Stangen h unterstützt, sich
der Form der ersteren anschliessen.

Die Seitenwände B dienen dem ganzen Mechanismus als Stütze.

2. Die Trommel T.

Sie ist, wie oben angegeben, construirt und ihre Welle d erleidet
durch ein Vorgelege von der mit der Betriebsmaschine durch Hooksche
Gelenke bei M zusammengekuppelten Welle O aus eine 10fache Uebersetzung. Die Trommelwelle d ist in Messingbüchsen (man sehe diese
Tafel VII b Fig. 6 im Detail) gelagert, welche des leichten Auswech-
selns halber einfach durch die Seitenwände B gesteckt und mittelst
zweier Bolzen und Vorsteckstifte befestigt werden.

3. Die Gegenschläger und deren Spiralstellung b, c.

Die 23 Gegenschläger b, c sind schmiedeeiserne mit Rippen von
etwa 60^0 Neigungswinkel versehene Stangen, welche in den genannten
Schlitzen b, c der Seitenwände B so liegen, dass sie als concentrischer
Kropf die Trommel theilweise umgeben und durch die Schlitze nach
Aussen ein wenig hindurchreichen, wobei zugleich die Verzahnungen je zweier auf einander folgender b, c einander entgegen-
gesetzt sind.

Die durch B hindurchreichenden Enden sind mit Nuthen versehen,
welche eine der erhabenen Spiralwindungen β eines der beiden Ringe a
umfassen, die an der Aussenseite jeder Seitenwand B durch an dieselbe geschraubte Führungen K so festgehalten werden, dass sie sich
um eine mit der Trommel zusammenfallende Achse drehen lassen. Die
beiden Ende jedes Gegenschlägers liegen hierbei an den gleichnamigen
Punkten der beiden Spiralen und alle endlich in derselben Windung.

Die Drehung der Scheibe a geschieht durch eine Kurbel f, deren
Welle, in B gelagert, an jedem Ende ein Trieb trägt, welches in den
Zahnkranz a der entsprechenden Scheibe a eingreift.

Da die Windungen der Spiralen höchst flach sind (4 Windungen
auf 3 Zoll Breite des Scheibenkranzes), — so weicht der Umfang des
Kropfes äusserst wenig von einem Kreiscylinder ab. Man hat aber
durch die Drehung von a in dem einen oder anderen Sinne respective
eine Vermehrung oder Verminderung des Spielraumes zwischen Kropf-
und Trommelumfang ganz in seiner Gewalt, so dass man denselben
mit Leichtigkeit jeder Getreideart (Bohnen, Erbsen, Linsen, Korn) an-
zupassen vermag.

An den Kropf schliesst sich unten eine Art groben Siebes S, welches gleich die groben Strohtheile von dem Getreide sondert; mit dem
obersten Gegenschläger ist eine Platte verbunden, die den Zwischenraum nach Oben begrenzt.

4. Der Zuführapparat.

Derselbe besteht aus einer horizontalen, 3theiligen, mit Krampen y und Schiebern x verbundenen Holztafel EEE; die 1zölligen Bretter jeder Tafel sind durch Leisten z verbunden. Diese Tafel wird durch eine vertikale ebenso gefertigte Wand G, die an der einen Seitenwand B festgekrampt wird, und ausserdem auf den 4 Ecken durch 4 cylindrische Stützen H getragen.

Das Mittelstück der Holztafel E wird zwischen die beiden Seitenwände B unter an dieselben gegossene Führungen u bis nahe an den Trommelumfang geschoben, wodurch der Zuführraum L unterwärts begrenzt wird; das genannte Stück ist hierzu länger als die beiden übrigen und vorn mit Eisenblech beschlagen.

Mit der Tafel E ist ferner ein ebenfalls 3theiliges, auf die hohe Kante gestelltes Brett D verbunden, welches sich an die schräge Vorderseite der Seitenwände B anlegt und daran durch 2 Schrauben mit Flügelmuttern i befestigt wird. Das mittlere Stück D hat einen rechteckigen Ausschnitt L, welcher als Zufuhröffnung dient. Der Arbeiter steht nun in dem Ausschnitte F des Mittelstückes E und schiebt das auf die horizontale Holztafel E gelegte Getreide durch die Oeffnung bei L, worauf es von der Trommel T gefasst, durch den Zwischenraum zwischen derselben und dem Kropfe hindurchgerissen und so an den Verzahnungen des Kropfes ausgerieben wird.

5. Transport der Maschine.

Zum Transporte werden an die Seitenwände B 4 Räder p aus Gusseisen festgeschraubt und die ganze Maschine auf die Langbäume eines 2räderigen Karrens gefahren, die mit Leitschienen s versehen sind, indem man durch Schlitze K' in den Rippen der Seitenwände B Hebel steckt und endlich die Maschine ankettet.

Die Räder r dieses Karrens bestehen ganz aus Gusseisen und sind mit einem schmiedeeisernen Reifen ausserhalb umbunden. Die Langbäume bestehen aus 2 Hölzern über einander, durch Schraubbolzen verbunden, deren obere als Schwengel des Betriebsgöpels dienen können; die Leitschienen s für die Räder p sind auf die oberen Langbäume geschraubt.

Der hölzerne Zuführapparat wird auseinander genommen und ebenfalls auf den Wagen gepackt; auch ist letzterer noch zur Aufnahme des hierzu gehörigen transportablen Göpels, so wie der Kuppelstangen etc. eingerichtet.

6. Preis der Maschine.

Die Maschine kostet . . . . . £ 32. 10 s.
Der Karren . . . . „ 6. 10 „
Der zugehörige transportable Göpel „ 12. 12 „

In Summa £ 51. 12 s.
Etwa = 360 ₰.

Anmerkung. Angaben über die Leistung der Maschine findet man weiter unten in dem Nachtrage.

Tafel VIII a und VIII b.

Transportabler Cylindergöpel
von Barrett, Exall & Andrews in Reading.

Dieser Göpel ist wie die Dreschmaschine (Tafel VII a und VII b) für welche er bestimmt ist, ganz aus Eisen construirt und empfiehlt sich sehr durch seine solide Bauart und zusammengedrängte Gestalt. Von allen Seiten fest verschlossen, kann nichts in denselben gelangen, und ebenso wenig kann das Räderwerk irgend welchen Schaden anrichten. Die ganze Maschinerie ist nämlich in einen gusseisernen Cylinder A eingeschlossen, dessen beweglicher Deckel sich auf dem Ringe des feststehenden Mantels dreht. Am Obertheile des Cylinders ist in dem innern Rande desselben ein Zahnkranz $L L$ angegossen, in welchen drei Räder C eingreifen, deren Bewegung wieder einem Getriebe D mitgetheilt wird. Letzteres ist auf einer Welle E festgekeilt, welche sich lose im Cylinderdeckel dreht und an deren unterem Ende ein konisches Rad F befestigt ist, welches durch den Eingriff in ein Getriebe G die Bewegung nach aussen überträgt. Die Maschine wird beim Gebrauche mittelst Schraubenbolzen s_1 auf einer Unterlage von starken Bohlen befestigt.

Statt des Bodens sind 4 Arme a in den Cylinder eingegossen, die in der Mitte ein Spurlager c für die stehende Welle E und ferner ein Lager e für die horizontale Welle N bilden (Fig. 2 u. 5); das zweite Lager r dieser Welle findet im Cylinder bei d seine Stütze und ist in den Figuren 2 und 7 zu erkennen. Zum Schutze des Getriebes G ist dasselbe von einem Kasten k umgeben, der gleichfalls mit dem Cylinder aus einem Stücke gegossen ist. Am innern Umfange des Letzteren erblickt man noch zwei kleine cylindrische Ansätze m, durch welche die Spindeln zweier Rollen n (Fig. 2, 4, 5 und 8) hindurchgehen, die an dem äussern Umfange durch Schraubenmuttern o (Fig. 1) festgehalten werden. Jene beiden Rollen laufen auf einer eben abgedrehten Spur i des konischen Rades F (Fig. ?, 4 und 14), verhindern das einseitige Aufheben dieses Rades durch den von aussen kommenden Widerstand und folglich einen Druck der Welle E auf die Seitenwände ihrer Lager. Behuf des Zuführens von Oel an die untern beweglichen Theile der Maschinerie befindet sich eine Oeffnung im Vordertheile des Cylinders, welche beim Gebrauche durch einen Deckel H (Fig. 9) verschlossen wird.

Die Bewegung geht vom Cylinderdeckel aus. Derselbe ist, wie die Figuren 1, 2, 4 und 6 zeigen, mit einem parallelepipedischen hohlen Aufsatze BB versehen, welcher zur Aufnahme zweier hölzerner Schwengel oder Bäume dient. Dem Deckel ist ein Ring RR angegossen, welcher die Axen p der drei Räder C (Fig. ?, 3 und 6) aufnimmt. Indem nun bei der Drehung des Deckels diese Räder in den Zahnkranz LL des Cylinders eingreifen, erhalten sie eine Drehung um ihre eigene Axe, die sie dann dem Getriebe D und dadurch der Welle E mittheilen.

Die Räder C laufen lose auf den Axen p und stützen sich mit ihrer Nabe auf einen cylinderförmigen Ansatz des genannten Ringes durch welchen auch die Axenbolzen gehen. Die Form der Letzteren ist aus Figur 13 zu erkennen, so wie aus Fig. 2, wo eine derselben mit als durchschnitten sich zeigt; sie ruhen mit einem Kopfe auf dem Cylinderdeckel, und dieser Kopf enthält zur Aufnahme von Schmiere eine kleine Vertiefung, von welcher drei Bohrungen ausgehen, die das Oel in die Nabe der Räder führen. Diese kleinen Oelnäpfe können durch Deckel y vor dem Zutritte von Schmutz gesichert werden. Eine ähnliche Vorrichtung erblickt man auf dem Gehäuse B (Fig. 1, 2, 4 und 6), um das Oel an den obern Theil der Welle E zu befördern. Im Cylinderdeckel befindet sich ferner eine durch einen Deckel M (Fig. 10) verschliessbare Oeffnung xx (Fig. 2, 3, 4 und 6), durch welche man zu dem Zahnkranze LL gelangen kann; ausserdem ist noch ein Schmierloch α vorhanden, um die Reibungsfläche zwischen dem Cylinder und Deckel mit Oel zu versehen. Um ein etwaiges Aufheben des Deckels vom Cylinder zu verhüten, wird ein aus zwei Theilen bestehender schmiedeeiserner Ring w (Fig. 1 und 2) durch Schraubenbolzen t (Fig. 1, 2, 4) am Deckel befestigt, so dass derselbe unter eine ringförmige Flantsche des Cylinders fasst.

Zum bessern Verständniss der einzelnen Figuren der Tafel VIII a möge noch Folgendes gesagt sein. Fig. 1 führt die ganze, zum Gebrauche zusammengesetzte Maschine vor Augen, Fig. 4 den Grundriss derselben; Fig. 3 zeigt die untere Seite des Deckels, und es ist hier, um den Eingriff der Zahnräder C in den Kranz LL zu zeigen, von Letzterem ein Theil in punctirten Linien angegeben; ferner erkennt man das auf der durchschnittenen Welle E befestigte Getrieb D, sowie die Oeffnung xx. Fig. 6 stellt den Aufriss des Deckels dar nebst allen daran befestigten Theilen, Fig. 5 den Grundriss des Cylinders (nach Wegnahme des Deckels). In Figur 2 ist ein Vertikaldurchschnitt der ganzen Maschine gezeichnet, welcher nach der Linie α, β (Fig. 3 und 4) durch den Deckel und nach der Linie $\gamma\,\delta$ (Fig. 5) durch den Cylinder genommen ist. In Fig. 7 hat man ferner die vordere Ansicht des unteren Theiles vom Cylinder, die Welle N ist herausgenommen, so dass die Lagerkörper d und e sichtbar werden, welcher Letztere zum Theil, sowie auch die Cylinderarme a, in punctirten Linien hat angegeben werden müssen. Fig. 14 stellt zu gleicher Zeit die untere und obere Seite des konischen Rades F dar, die Figuren 12 und 11 endlich beziehungsweise das Lagerfutter r und den gusseisernen Lagerdeckel s.

Auf Tafel VIII b sind mehrere Details gezeichnet; in den Figuren 1 und 2 erkennt man die schmiedeeisernen Stangen R und S, durch welche die Fortleitung der Bewegung ermittelt wird, und welche je nach Massgabe der Entfernung der Arbeitsmaschine vom Göpel, beide einzeln oder auch zugleich angewandt werden. Die Verbindung dieser Stangen unter einander, sowie mit der horizontalen Welle des Göpels und mit der die Bewegung aufnehmenden Welle der Arbeitsmaschine geschieht durch Universalgelenke. Jede Stange geht in einen gabelförmigen Kopf aus und sind auch ähnliche aus Gusseisen bestehende Körper an jenen beiden Wellen zu befestigen. Die Verbindung von je zwei der genannten Gabeln wird durch einen gusseisernen Körper λ (Fig. 2 und 3) bewerkstelligt, welcher aus zwei cylinderförmigen Büchsen besteht, deren Axen sich rechtwinklig schneiden. Dieser Körper λ bildet nebst den Bolzen v das gewöhnliche Kreuz des Universalgelenkes. Eine besondere Erwähnung verdient noch die Befestigungsart der ersten Gabel I auf der Göpelwelle N. Der Letzteren ist nämlich ein Kopf u (Fig. 6) angeschweisst, der einem Sperrrade ähnlich ist, und in dessen Einschnitte zwei Sperrkegel o (Fig. 7) greifen, welche mittelst eines durch die hintere Wand des Körpers I gesteckten Zapfens an diesem festgehalten und durch Federn auf den Umfang des Sperrrades gedrückt werden. Die Gabel I wird vom hinteren Ende aus auf die Welle N geschoben, und es kann dieselbe weder nach der einen noch nach der andern Seite in eine continuirliche Drehung um die Welle versetzt werden, weil das Sperrrad nach beiden Richtungen mit Zähnen versehen und für je zwei einander gegenüber liegende Einschnitte ein Sperrkegel vorhanden ist. Bei dieser Verbindung der Gabel mit der Welle wird die Kraft durch die Sperrkegel o übertragen, welche aber bei etwaiger Beschädigung leicht wieder zu ersetzen sind.

In Figur 4 ist die Welle N nebst allen daran befestigten Theilen gezeichnet, in Fig. 5 die Welle mit einem Durchschnitte dieser Theile. Fig. 8 zeigt noch die zur Bedeckung der Stange auf der Rennbahn niederzulegende Hülse, welche durch Schraubenbolzen auf untergelegten Hölzern befestigt wird; in Fig. 9 ist das Lager dargestellt, welches an der Verbindungsstelle der beiden Stangen der einen derselben zur Unterstützung dient und mittelst Holzkeilen gleichfalls auf dem Boden befestigt wird. Endlich zeigt Fig. 10 die beiden hölzernen Schwengel des Göpels.

Suchen wir jetzt die Zahl der Umdrehungen zu ermitteln, welche die Welle N bei einmaligem Umgange der Pferde macht, und wenden uns zu dem Zwecke an Fig. 14, Taf. VIII a. Dort sei r der Theilrisshalbmesser des Zahnkranzes $L L$, r_1 und r_2 beziehungsweise die Theilrisshalbmesser der Räder C und des Getriebes D. Im Endpunkte c_1 der Linie $a_1 c_1$ greife die Kraft an, welche eine Umdrehung dieser Linie um den Punkt a_1 in der Richtung der bei b_1 und c_1 gezeichneten Pfeile veranlasst. Die Anzahl solcher Umdrehungen in der Minute werde nun mit u bezeichnet, ferner sei v die Peripheriegeschwindigkeit eines beliebigen Punktes der Kreise C, so findet man die Geschwindigkeit des um a_1 sich drehenden Punktes b_1 durch eine einfache Betrachtung zu $\frac{v}{2}$, so dass dann $\frac{v}{2} = \frac{2 . a_1 b_1 \pi u}{60}$;

d. i. wegen $a_1 b_1 = r_2 + r_1 = r_2 + \frac{r - r_2}{2} = \frac{r + r_2}{2}$,

$$\frac{v}{2} = 2 . \frac{r + r_2}{2} \frac{\pi u}{60} = (r + r_2) \frac{\pi u}{60}$$

oder $v = (r + r_2) \frac{\pi u}{30}$

sein muss. Ferner ist aber auch, wenn u_1 die Umdrehungszahl des Getriebes D in der Minute bezeichnet,

$$v = \frac{2 . r_2 . \pi . u_1}{60} = \frac{r_2 . \pi . u_1}{30},$$

daher $(r + r_2) \frac{\pi u}{30} = \frac{r_2 \pi u_1}{30}$,

oder $u_1 = \frac{r + r_2}{r_2} . u = \left(1 + \frac{r}{r_2} \right) u$,

d. i., wenn man die Zähnezahlen 60 und 12 bezüglich der Räder L und D statt der Theilrisshalbmesser einführt,

$$u_1 = \left(1 + \frac{60}{12} \right) u = 6 u.$$

Dieselbe Anzahl von Umdrehungen in der Minute macht auch das konische Rad F, so dass wir die Peripheriegeschwindigkeit desselben, wenn wir mit ϱ_1 den Theilrisshalbmesser bezeichnen, durch

$$w = \frac{\varrho_1 \, \pi \, u_1}{30}$$

ausdrücken können. Ist ferner noch ϱ_2 der Theilrisshalbmesser des Getriebes G und dreht sich dasselbe in der Minute u_2 mal herum, so ist bekanntlich auch

$$w = \frac{\varrho_2 \, \pi \, u_2}{30} \; ;$$

man hat also

$$\frac{\varrho_1 \, \pi \, u_1}{30} = \frac{\varrho_2 \, \pi \, u_2}{30}$$

oder $u_2 = \dfrac{\varrho_1}{\varrho_2} \, . \, u_1 = \dfrac{\varrho_1}{\varrho_2} \, . \, 6u.$

Führt man wieder die Zähnezahlen 54 und 10 der Räder F und G statt der bezüglichen Theilrisshalbmesser ϱ_1 und ϱ_2 ein, so erhält man schliesslich die Zahl

$$u_2 = \frac{54}{10} \, . \, 6u = 32, 4 \, . \, u$$

als Umdrehzahl der Welle N bei u Umgängen der Pferde; bei einem Umgange der Letzteren ergiebt sich daher jene Zahl zu

$$u'' = 32{,}4.$$

Der Preis unserer Maschine ist von den Erbauern auf 12 £ 12 s. gestellt.

Tafel IX a und IX b.

2pferdige hölzerne, transportabele Dreschmaschine

von Ransomes & Sims in Ipswich.

Die Maschine gehört dem jetzt fast ausschliesslich adoptirten schottischen Cylindersysteme an, wo eine mit Schlagleisten versehene rasch umlaufende cylindrische Trommel (Haspel) von einem verstellbaren rostförmigen Mantel umgeben und durch das Schlagen der ersteren gegen den letzteren ein Ausdreschen des zwischengeführten Getreides bewirkt wird.

So wie die Dreschtrommel das Getreide erfasst, erhält es durch die nahe Berührung mit den Schlagleisten und den Schienen des Mantels und in Folge der grossen Geschwindigkeit der drehenden Trommel (ca. 900—1000 Umdrehungen p. M.) eine grosse Anzahl Schläge, bis zuletzt die völlig ausgedroschenen Aehren nach unten und zwar nach dem Ende hinausgetrieben werden, wo das Zuführen des Getreides geschieht. Die Körner fallen alsdann durch den Mantel hindurch.

Die hier zu beschreibende Maschine kostet 37 £ 10 s. in England und wird durch den auf Blatt X. verzeichneten Pferdegöpel betrieben. Taf. IX a Fig. 1. Durchschnitt nach 1 — 2 Fig. 3, Fig. 2. Seitenansicht, Fig. 3 Grundriss, Fig. 4 und 5 die beiden Endansichten.

Das zu dreschende Getreide wird von einem Arbeiter, der in der hinteren Abtheilung A des Dreschkastens sitzt, (ohne Zuthun von Speisewalzen) auf dem Brette B der Dreschtrommel ununterbrochen zugeführt. Eine hölzerne Platte (Klappe) C dient zum Auflegen des zu dreschenden Getreides, ist durch eiserne Charnier-Beschläge bei a und b an dem Dreschkasten befestigt und weiter durch Stützen y und z (Fig. 4 mit punctirten Linien gezeichnet) getragen.

Um zu verhindern, dass ein Theil des rasch eingeführten Getreides an der andern Seite wieder herabfällt, dient die Einführwand D Fig. 4. Die Befestigung derselben am Dreschkasten geschieht durch 2 eiserne Bolzen, die in entsprechende Löcher c und d Fig. 3 im Dreschkasten passen. — Das Brett E verhindert, dass das Getreide beim Einführen hinter den Mantel R fällt, so wie durch das Gitter F Fig. 1 und 5 das geregelte Herauskommen des ausgedroschenen Getreides befördert wird.

Die Dreschtrommel W liegt mit ihrer Axe bei G und H Fig. 3 in Lagern und trägt an dem einen Ende der Axe ein durch eine Schraubenmutter I befestigtes Trieb K. In dies letztere greift ein grosses Zahnrad L, welches an einer Welle M sitzt, die bei N und O in Lagern liegt. Bei P befindet sich auf der Welle ein Hook'sches Universalgelenk, durch welches sie mit den zum Göpel führenden Welltheilen gekuppelt werden kann. Gewöhnlich umgiebt man den oberen Theil des Rades mit einem hölzernen Kasten Q, Fig. 4 und 5, als Schmutzkasten, welcher durch 2 Haken e und f an dem Dreschkasten befestigt wird.

Der Mantel R Fig. 1 und 3 besteht aus 2 Hülften, die bei g und h durch Charniere verbunden sind. Das Verstellen des Mantels geschieht in 5 Punkten und zwar wird die obere Hülfte desselben durch die Schraubenbolzen i und k Fig. 1, 2 und 3 gestellt. Die Bolzen dieser Schrauben gehen durch das Deckbrett über der Dreschtrommel nach ihren im Bügel S befindlichen Muttern. Dieser Bügel S ist durch Schraubenbolzen nn, um welche er sich drehen lässt, am Mantel befestigt. Durch Umdrehen der Schrauben i und k wird ein Auf- und Niedergehen des oberen Theiles des Mantels bewerkstelligt. — Zum Verstellen der untern Mantelhefte befinden sich unten an derselben 2 eiserne Bolzen oo Fig 1, Taf. IX a und Fig. 10, Taf. IX b, von welchen jeder in einen Ring p passt. Dieser Ring, der Fig. 16, Taf. IX b im Detail gezeichnet ist, sitzt an einem Schraubenbolzen, mit welchem er durch einen zweiten an dem Dreschkasten befestigten Ringe p′ geht und daselbst durch beliebig verstellbare Muttern r und r′ befestigt werden kann. Durch diese Muttern r und r′ kann also ein Nähern oder Entfernen des Mantels zur Dreschtrommel bewirkt werden.

Um den Bolzen, welcher bei g und h Fig. 1 und 3, Taf. IX a (Fig. 10 und 12, Taf. IX b), ist zugleich der eiserne Bügel T. drehbar. Derselbe enthält bei q eine Mutter, in welche eine Schraube U, Fig. 1 und 3 Taf. IX a greift, diese hat einen festen Drehpunkt im Dreschkasten und lässt sich durch einen, an der äusseren Seite des letzteren vorhandenen Handgriff V Fig. 1 und 4, Taf. IX a um sich selbst drehen. Durch diese Umdrehungen bewerkstelligt man also eine Verstellung des ganzen Mantels. Die Thür r Fig. 1 dient zum Wegbringen des Schmutzes aus dem Behälter A, in welchem der zuführende Arbeiter sitzt, sowie die Klappe s Fig. 2 zur bessern Besichtigung der Dreschtrommel dient.

Die Löcher bei n n Fig. 4 und 5, Taf. IX a dienen zum Feststellen der Maschine, wenn dieselbe transportirt werden soll.

Taf. IX b, Fig. 1 Endansicht der Dreschtrommel. Fig. 2 Längenansicht derselben. Fig. 3 und 4 das Stück b Fig 1 im Detail. Fig. 5 und 6 das Trieb K Fig. 2 und 3, Taf. IX a. Fig. 7, 8 und 9 Detail eines Schlägers D Fig. 2. Fig. 10 Durchschnitt des Dreschmantels nach 1—2, Fig. 11. Fig. 11 innere Ansicht des Dreschmantels. Fig. 12′ äussere Ansicht des Dreschmantels. Fig. 13, 14 und 15 Detail einer eisernen Platte L Fig. 10 und 11. Fig. 16 Verstellungsvorrichtung für den untern Theil des Mantels. Fig. 17 und 18 ein Räderpaar zum Transportiren der Maschine mit dem Göpel.

Die Dreschtrommel Fig. 1 und 2, Taf. IX b besteht aus 2 gusseisernen Scheiben A und B, die auf einer quadratischen Welle C festgekeilt sind und die Schläger D tragen. — Es sind 5 Schläger aus Holz, die an der schlagenden Seite mit Eisenblech a a Fig. 8 beschlagen sind. Die Befestigung derselben an den Scheiben A und B geschieht durch die schmiedeeisernen Stücke b b; Fig. 3 und 4 im Detail gezeichnet, die durch Schrauben c an den Scheiben A und B befestigt sind. Durch die Stücke b, durch die Schläger und die Scheiben gehen Schrauben t hindurch und befestigen so die Schläger an die Scheiben.

Der Dreschmantel Fig. 10, 11 und 12 besteht aus einem Gerippe von Holz. Der obere Theil desselben von A′ bis B′, Fig. 11 und 12, ist an der innern Seite mit 3 gusseisernen Platten B besetzt. — In dem untern Theile sind nur die hölzernen Rippen C′, D′, E′, F′, G′, H′, I′ und K′ an der innern Seite mit den oben erwähnten Platten L besetzt, wohingegen in dem Raum zwischen denselben sich ein von Eisendraht gebildetes Gitter befindet. — Die gusseisernen Platten L,

Fig. 13, 14 und 15 im Detail gezeichnet, haben an der der Dreschtrommel zugekehrten Seite Ansätze von der Form abgestumpfter Pyramiden. — Die Befestigung dieser Platten L an das Holzgerippe geschieht durch Schraubenbolzen a', die an der innern Seite versenkte
Köpfe haben. — Die Stäbe C, D', E, F, G', H', I und K' sind an der
innern Seite mit Eisenblech b' beschlagen. Bei A befindet sich ein
Stück Eisenblech, welches verhindert, dass das Getreide beim Einführen über den Mantel hinweg in den vorderen Theil des Dreschkastens fällt. — Bei g und h sind die oben erwähnten Charniere, an
denen auch der Bügel T befestigt ist.

Tafel X a und X b.

Ransome & Sims' Göpel.

Der Göpel ist zur Bewegung durch 2 Pferde eingerichtet, er dient
hier zur Betreibung der Dreschmaschinen Fig. IX a und IX b.

Die Pferde bewegen den Göpel mittelst der Schwengel v (Fig. 7
und 8), deren 2 vorhanden sind, welche zu diesem Ende in die Vertiefungen l (Fig. 8) eingelegt und mittelst der Löcher d, e (Fig. 8)
und ww (Fig. 8) durch Schraubenbolzen befestigt werden.

Dieselben Schwengel dienen zur Herstellung eines Gabelfuhrwerkes,
wenn der Göpel nebst der Dreschmaschine transportirt werden soll.

Damit sich die Pferde immer im Kreise bewegen, werden die
Hölzer F (Fig. 15 und 16) mit ihren Enden F' in die Oeffnungen m
(Fig. 3) eingeschoben und mittelst der Schrauben f befestigt; darauf
wird das eine Ende der Absteifstangen yy (Fig. 19) mit dem Haken H,
das andere mit dem Zaum des Pferdes verbunden. Wie aus der Zeichnung klar ist, bewegen die Pferde zunächst das grosse Rad (Fig. 1
und 2), hierin greift das konische Trieb unter demselben, wodurch
das Rad u und hierdurch wieder das Rad t gedreht wird. Je nachdem
nun der Flügel der Dreschmaschine sich schneller oder langsamer bewegen soll, wird die Bewegung des Göpels von der Axe des Rades t
oder u auf denselben übertragen. Die Stangen A und Z (Fig. 10
und 11) dienen zur Uebertragung der Bewegung, das Lager (Fig. 6
und 9) zur Unterstützung dieser Stangen. Die Keile (Fig. 12), deren
8 vorhanden sind, dienen zur Befestigung des Göpels und des eben-
genannten Lagers. Oben auf dem Göpel lässt sich das Brett E (Fig.
13 und 18) befestigen, hierauf steht der Stuhl (Fig. 14) für den Treiber
der Pferde.

Der Göpel nebst der Dreschmaschine wird auf einem Räderpaar
(Fig. 17 und 18 Taf. IX b) transportirt. Um diese beiden Maschinen

nun transportabler zu machen, wird der Göpel mittelst der Löcher *DD*
(Fig. 2) auf der Axe des Räderpaares (Fig. 17 und 18 Taf. IX b) durch
die Schrauben *a* und *b* befestigt, darauf befestigt man die Bäume *v*
(Fig. 7 und 8) mittelst der Löcher *w* durch Schraubbolzen *e* (Fig. 1
und 2) an den Göpel, und setzt die Dreschmaschine so auf die Bäume *v*,
dass der eiserne Dorn *n* (Fig. 4 Taf. IX a, sowie Fig. 7 und 17) in
die Vertiefungen bei *u* im Dreschkasten (Fig. 4 u. 5 Taf. IX a) eingreift. Auf
diese Weise ist ein Gabelfuhrwerk hergestellt, so dass beide Maschinen
durch ein Pferd transportirt werden können.

NB. In dem Berichte über landwirthschaftliche Maschinen und
Ackergeräthe auf der Londoner Industrie-Ausstellung von Th. Labahn
äussert sich derselbe pag. 14 folgendermassen über den Göpel von
Hornsbye: „In der Ausstellung befanden sich nur transportable Göpel-
werke, unter denen das von Hornsbye am vorzüglichsten construirt
war, indem derselbe nicht nur ein möglichst grosses Betriebsrad ge-
wählt, sondern hierzu auch ein Stirnrad angewandt hatte, anstatt dass
in der Regel durch ein konisches oder sogenanntes Kammrad die
Uebertragung der Bewegung bewirkt wird. Die letzte Einrichtung ist
insofern unvollkommener, als die Mittheilung oder Fortführung der
Kraft durch Wellen erfolgen muss, die in wagerechter Lage zu dem
stehenden Kammrade angeordnet sind. Bei jeder rechtwinkligen Bewegung haben jedoch nicht nur die Wellen der Drehung, sondern
auch dem Biegen Widerstand zu leisten, müssen also aus diesem
Grunde stärker construirt sein.“

Hierzu kommt noch, dass die Hornsbye'schen Göpel etwas weniger
Reibung haben, als die Göpel von Ransome, doch dürfte die Frage
sein, ob diese beiden Vortheile den Vortheil des Ransome'schen Göpels
aufwiegen, dass bei ihm so sehr leicht nach Belieben 2 verschiedene
Geschwindigkeiten erzeugt werden können.

Tafel XI.

Eisernes Universal-Vorgelege.

(Iron universal intermediate motion.)

Diese Vorrichtung ist dazu bestimmt, als Transmission zwischen
ein Göpelwerk und den Maschinen gelegt zu werden, welche man
durch dasselbe zu treiben beabsichtigt. Es ist nämlich fast immer
nothwendig, die Umdrehungsgeschwindigkeit, welche man direct von
einem Pferdegöpel erhält, zu vergrössern, wenn eine Dresch-, Häcksel-
oder andere Maschine dadurch betrieben werden soll, welche nicht
immer mit den nöthigen Vorgelegen versehen sind, um ihre erforder-

liche Umdrehungsgeschwindigkeit direct vom Göpel zu entnehmen. Diese wird nun durch unser Universal-Vorgelege hervorgebracht, welches man zwischen die beiden Maschinen einschaltet.

Besonders nützlich zeigt sich das Vorgelege aber da, wo man bei hinreichender Kraft mehrere Maschinen zu gleicher Zeit durch einen Göpel zu betreiben wünscht, was man sonst nur durch weitläuftige und kostbare Riemenverbindung hervorbringen konnte, und hier auf eine bei weitem einfachere Weise ermöglicht ist.

Indem wir bei der Beschreibung des Vorgelege constructiv von unten anfangen, bemerken wir zuerst die quadratische Grundplatte A, deren Grundriss Fig. 4 zeigt. An den Ecken ist sie mit Schraubenlöchern aa versehen, um sie auf dem Fussboden befestigen zu können. Die weitern vier Schraubenlöcher bei $B, B,$ dienen zur Verbindung der Grundplatte mit den Füssen des Gestells B, welche den punktirt eingezeichneten Grundriss haben. Endlich nach der Mitte zu befinden sich noch vier Schraubenlöcher bei $J, J,$, welche mit den Füssen eines Bocklagers J correspondiren, deren Grundriss durch punktirte Linien gleichfalls angedeutet ist.

Das eigentliche Gestell B, welches die Haupttheile der Maschine umschliesst, ist von Gusseisen und aus zwei Theilen gefertigt, die an mehreren Stellen mit einander fest verbunden sind. Die vier Füsse haben, wie man auf Fig. 6 ersieht, einen winkelförmigen Querschnitt, und unten einen Lappen, durch den sie mit der Grundplatte verbunden sind. Oben vereinigen die Füsse sich zu einem Ganzen, und bilden so eine abgestumpfte achtseitige Pyramide. Diese besitzt hier einen nach innen vorspringenden 2—3″ breiten Rand, durch welchen die Verbindung mit dem Obertheil C bewerkstelligt wird.

Das zweitheilige Gestell B ist nach der Linie YY im Grundriss der Fig. 2 zusammengesetzt, und zwar durch die Grundplatte A als auch am obern Ende durch zwei Schraubenbolzen $m, m,$ verbunden, welche durch die nach innen vorspringenden Lappen $l, l,$ treten. Fig. 3, welches ein Schnitt durch die Mitte nach XX ist, zeigt die Verbindung dieser Lappen in der Ansicht, während in Fig. 5 die Schnittebene YY gerade zwischen den Lappen durchgeht, und diese mit ihren Schraubenlöchern $m, m,$ bloslegt.

Nach unten zu sind die zwei Theile des Gestells noch durch zwei eiserne Querbalken FF verbunden, welche mit den Füssen verschraubt sind und zugleich die Lager für die Hauptwelle G bilden. Diese sind gleich mit angegossen, und bilden nur eine Hülse b, welche gehörig ausgebohrt ist, und durch welche die Welle H tritt. Sie wird in ihrer unverschiebbaren Stellung durch die aufgekeilten Ringe cc erhalten. Man sieht den einen oder beide Querbalken F in Fig. 1 als Vorder-, Fig. 2 als Hinteransicht, Fig. 5 im Querschnitt, Fig. 6 im Grundriss.

An beiden Enden der Welle *G* befinden sich pyramidale Ansätze *d*, auf welche ein sog. Hook'sches Gelenk gesteckt und mittelst der Schraube *e* befestigt wird. Mit diesem Gelenk verbindet man nun eine eiserne Stange, die dasselbe gabelförmig umfasst, und deren anderes Ende mit dem Motor auf dieselbe Weise verbunden ist. So kann also, selbst wenn die Welle *G* nicht mit der des Motors in derselben Ebene liegt, dieser jene doch in Umdrehung versetzen. Auf dieselbe Weise geschieht dann die Verbindung auf der andern Seite mit der zu betreibenden Maschine, welche sich, wenn an derselben selbst keine weiteren Vorgelege sich befinden, mit derselben Geschwindigkeit wie der Göpel drehen würde. Ist aber eine grössere Geschwindigkeit erforderlich, so benutzt man das Vorgelege, zu dessen Beschreibung wir jetzt übergehen.

Auf der Welle *G* steckt ein Zahnrad *H* (Fig. 1, 5, 6), welches in ein Trieb *L* greift (Fig. 1, 5). Dieses steckt auf einer senkrechten Welle *K*, deren unterer Zapfen *f* sich in dem oben erwähnten Bocklager *J* dreht. Dies Lager *J* zeigt Fig. 1 in theilweiser Vorderansicht, Fig. 5 von der Seite, und Fig. 6 im Grundriss. Das Trieb *L* steckt nur lose auf der Welle, und würde ohne eine besondere Vorrichtung diese nicht mitnehmen können. Um dies zu erreichen, sind Vorsprünge *G G* oben an das Trieb gegossen, welche man im Grundriss auf Fig. 13 sehen kann. Hinter diese fassen nun die entsprechend geformten Vorsprünge *h h* einer sog. Quadranten-Kuppelung *M*, welche durch einen Nuthkeil *i* mit der Welle *K* verbunden ist, sich aber auf dieser verschieben lässt. Fig. 14 zeigt die Unteransicht von *M*, und Fig. 15 deren Durchschnitt nach der Linie α β. Befindet sich nun die Kuppelung *M* in der Lage wie in Fig. 5, d. h. fassen die Vorsprünge *h* hinter jene *g* des Triebs *L*, so wird letzteres die Kuppelung *M* mitnehmen, und dadurch auch die Welle mit herumführen. Beabsichtigt man aber solches nicht, so hat man nur nöthig *M* aufzuheben und so die Verbindung zwischen ihr und dem Trieb *L* zu lösen, welches dann leer gehen wird. Diese Ausrückung geschieht nun auf eine sehr einfache Weise durch einen Rückhebel mit Gabel *N* (Fig. 1). Dieser hat seinen Drehpunkt in einem Hängelager *O* bei *l*, und umfasst mit seiner Gabel die Kuppelung *M*, die vermittelst eines daran befindlichen Vorsprungs leicht aufgehoben werden kann. Der Hebel ist in Fig. 1 in seiner Thätigkeit gezeichnet worden, wo er eben die Ausrückung bewerkstelligt hat, und durch einen Stift *n* (Fig. 8, 9, 10) fixirt worden ist. Zwei besondere Ansichten dieses Ausrückhebels finden sich in Fig. 11 und 12, wo man auch besonders die Vorsprünge *k* sieht, welche die Kuppelung anfassen. Das Hängelager *O* zeigt sich uns in mehreren Ansichten, zuerst von der Seite in Fig. 1, wo es jedoch theilweise durch das Gestell verdeckt worden, weshalb in Fig. 9 dieselbe Ansicht wiederholt ist. Fig. 8 ist die äussere und

Fig. 10 die innere Ansicht des Lagers, während man es in Fig. 3 der Länge nach durchschnitten sieht. Das Hängelager ist oben an dem Gestelle B mittelst vier Schrauben befestigt, und hat unten zwei Lappen, welche die Ausrückgabel N umfassen, und ihr bei *l* einen Drehpunkt bieten. Der Stift *n*, welcher an der Kette *m* hängt, dient dazu, die Gabel festzustellen, wenn sie die Ausrückung bewirkt hat.

Auf dem Gestelle befindet sich überdies noch ein etwas gegliederter schalenförmiger Kasten C, welcher durch einen nach innen vorspringenden Rand vermittelst der Schrauben *n, n*, mit dem Gestell B fest verbunden ist. Der obere Rand des Kastens C ist glatt abgedreht, so dass der darauf liegende Deckel oder Teller D auf demselben leicht drehbar ist. In diesem Deckel findet bei *o*, (Fig. 3) der Zapfen *o* (Fig. 5) der senkrechten Welle K sein Halslager, und ist diese somit genügend unterstützt.

Innerhalb des Kastens C befindet sich auf der Welle K ein grosses Zahnrad P (Fig. 5), in welches ein Trieb Q (Fig. 1, 2, 5, 7) greift, dessen Welle R (Fig. 1, 2, 5) über dem Teller D liegt. Die Lager-Hülsen E der Welle R sind mit dem Teller aus einem Stück gegossen, und in Fig. 1 in der Seitenansicht, in Fig. 2 im Grundriss und in Fig. 3 im Querschnitt zu sehen. Ebenso wie G ist die Welle R durch zwei aufgekeilte Ringe festgestellt, und besitzt an den Enden pyramidale Zapfen *s* mit Schrauben (Fig. 1, 2, 7) zur Aufnahme der Hook'schen Gelenke. Das Trieb Q geht durch eine entsprechende Oeffnung Q, im Teller (Fig. 3) und kann so in das darunter befindliche Zahnrad P eingreifen, wie auch aus Fig. 5 ersichtlich ist. Noch deutlicher wird dies durch die Betrachtung der Unteransicht des Deckels D in Fig. 7 werden, wo man das Trieb Q ebenso gut, wie in dem Grundriss des Deckels (Fig. 2) sieht.

Das grosse Rad H hat nun 42 Zähne, das Trieb L 19, das Rad P 47 und das Trieb Q 19, so dass also, während H eine Umdrehung vollendet, Q deren 5½ macht (oder genau: 5,468). Man wird also die beiden Maschinen, welche man mit den beiden Enden *s s* der Welle R verbindet, mit einer mehr denn fünfmal grösseren Geschwindigkeit betreiben können, als der Göpel direct zu erzeugen im Stande ist.

Eine grosse Bequemlichkeit bei Anwendung dieser Maschine ist noch der Umstand, dass der Teller D mit seiner Welle R sich auf dem Kasten C leicht drehen und respective feststellen lässt, und man dadurch die Welle R in jeder beliebigen Richtung zur Verbindung mit einer oder zwei Maschinen bringen kann, die freilich immer in einer Diagonale stehen müssen. Die Feststellung des Tellers geschieht sehr einfach durch Hakenschrauben *s*, welche bei *r* (Fig. 16 und 1) hinter einen vorspringenden Rand des Kastens C fassen und durch die vorspringenden Lappen *q q* des Tellers treten, auf welchem sich die Lager E E befinden. In Fig. 16 sieht man die Wirkung dieser Schrauben

am besten, da hier ein Schnitt gerade durch dieselben gelegt ist. Fig. 1
giebt ihre äussere Totalansicht, während man ihre gegenseitige Lage
aus dem Grundriss Fig. 2 erkennt, wo ihre Muttern auf den Grundplatten
pp der Lager EE sich befinden. Die untere Ansicht des Tellers D (Fig. 7)
zeigt noch sehr deutlich die Lage der entsprechenden Schraubenlöcher $s\,s$,
in den Lappen qq.

Zum Schluss möchte es nicht unzweckmässig sein, die hierbei, wie
auch bei fast allen landwirthschaftlichen Maschinen mit Vortheil ange-
wendeten Hookschen Gelenke zu beschreiben. Da nämlich die landwirthschaftlichen und ähnlichen Maschinen meistens alle transportabel
eingerichtet und beliebig aufzustellen sind, so kann man auf eine genaue
gegenseitige Horizontalstellung und gleiche Axenrichtung nicht rechnen,
weshalb auch keine Verbindung durch feste Wellen anwendbar ist. Man
hilft sich dann entweder durch Riemenscheiben, oder, was weit einfacher
ist, durch dünne Eisenstangen, welche mittelst Hookscher Gelenke sowohl mit dem Motor, als der Maschine verbunden sind. Diese können
nämlich die Bewegung selbst unter einem Winkel bis zu 20° übertragen, und sind sehr leicht anzubringen, da sich gewöhnlich an jeder Maschine schon ein Hooksches Gelenk befindet und man nur nöthig hat,
eine entsprechend lange Stange einzuschalten.

An unserer Maschine befinden sich zwei verschiedene Arten dieser
Gelenke. Die eine grössere ist an der unteren Welle G befestigt, und
Fig. 17, 18, 19 abgebildet. Sie besteht sehr einfach aus einer Gabel T, welche
eine entsprechende Oeffnung s, (Fig. 19) hat, mittelst welcher sie auf den
Zapfen d der Welle G geschoben, worauf sie durch die Schraube e befestigt
wird. Durch die Enden der Gabel geht ein Bolzen t, welcher in der Mitte
einen abgerundeten Würfel U trägt, der sich also in der Axenrichtung
des Bolzens um diesen drehen kann. Normal zu diesem Bolzen geht
eine zweite Bohrung u durch den Würfel U, durch welche man einen
zweiten Bolzen steckt, der die Verbindung mit der Gabel einer oben erwähnten Eisenstange bewerkstelligt. Das Gelenk lässt also eine seitliche
Abweichung nach zwei auf einander rechtwinklichen Richtungen zu,
und erfüllt also vollkommen seinen Zweck.

Die Gelenke für die obere Welle R sind etwas kleiner und zierli-
cher construirt, und in Fig. 20, 21, 22 abgebildet. Man sieht daselbst
gleichfalls eine Gabel V mit einem Zapfenloch d, (Fig. 21). Der Bolzen
w geht durch einen Cylinder W, den ein anderer mit der Bohrung x
rechtwinklig überschneidet. Die Rippen yy daran dienen nur zur Verstärkung der Verbindung. Der Bolzen t des ersten, und w des zweiten Gelenks werden durch Vorstecksplinte — respective v und z — festgehalten. Dieselben sind mit zwei Löchern versehen, durch welche man
einen Drath zieht, damit der Keil nicht herausfallen kann.

Schliesslich müssen wir noch den Rath geben, die Ausrückung dieser, wie überhaupt jeder Maschine, welche durch Pferde betrieben wird, nur dann anzuwenden, wenn dieselben zum Stillstehen gebracht sind, da sie sich sonst durch den plötzlichen Ruck leicht beschädigen können.

Die Firma: Ransomes und Sims, Ipswich, liefert dieses zweckmässige Universal-Vorgelege, ganz aus Gusseisen gefertigt, zu dem Preise von 8 £ 5 s.

Tafel XII a und XII b.

Häckselschneidemaschine

(chaff-cutter or engine)

von Ransomes and Sims (late Ransomes and May),
Ipswich.

Die Häckselmaschinen dienen dazu, Stroh, Heu und auch Grünfutter zu zerkleinern, oder zu Häcksel, d. i. in kurze Stückchen zu zerschneiden, um für das Vieh eine entsprechendere, zweckmässigere Nahrung abzugeben.

Aus der grossen Anzahl der bis jetzt erfundenen Maschinen, welche diesen Zweck erfüllen, führen wir eine der neuesten vor, welche in jeder Hinsicht sich durch einfache Construction und vortreffliche Wirkung auszeichnet.

Ihrem Prinzipe nach ist diese Maschine eine in mehrfacher Hinsicht bemerkbare Abänderung des von Lester im Jahre 1801 in England patentirten *chaff-cutters*, welcher ein gekrümmtes an dem Schwungrade befestigtes Messer an dem Strohkasten herabschneiden lässt.

Wenn auch jetzt vielfach mehrere Messer angewendet werden, um den Widerstand während der Umdrehung des Schwungrades gleichmässiger zu machen, so möchte sich doch, wie bei der vorliegenden Maschine, ein einziges Messer als praktischer bewähren, wenn der Betrieb durch einen Menschen an der Kurbel bewirkt werden soll. Es kann nämlich derselbe in diesem Falle seine grösste Kraft beim Niedergang der Kurbel auf das Vortheilhafteste zur Wirkung bringen, und, wenn der Schnitt geschehen, bis zum folgenden hinlängliche Kraft wieder sammeln, um von Neuem dieselbe zweckmässig zu verwenden.

Zur Verrichtung dieser Arbeit genügt bei unserer Maschine schon ein starker Knabe, während ein zweiter die Speisung besorgt.

In der folgenden Beschreibung der Zeichnung werden wir das

Gestell und den eigentlichen Schneideapparat in den Totalansichten der Tafel XII a betrachten, während wir uns in Betreff der Zuführungs- und Regulirungs-Vorrichtung auf die Detailzeichnungen der Tafel XII b beziehen müssen; indem auf dem ersteren Blatte nur die allgemeine Anordnung dieser Theile und ihre Stellung zu dem Ganzen ersichtlich ist.

Das Gestell AA ist sehr solide aus Eichenholz construirt, und besteht aus 4 starken Füssen, die oben durch einen Rahmen verbunden sind, welcher die Maschine trägt. Um das Ganze noch stabiler zu machen, sind oben, dicht unter dem Rahmen, die Füsse durch Zugstangen z verbunden, und ausserdem noch durch Streben und Riegel verstärkt, welche namentlich aus Fig. 1, 2, 3 ersichtlich sind.

Der Grundriss Fig. 4 zeigt ferner noch, ziemlich in der Mitte des Rahmens, ein Längenholz, welches in der Detailzeichnung mit $A_{,,}$ bezeichnet worden, und im Verein mit dem linken Rahmenholz $A_{,}$ (Taf. XII b) den Strohkasten B trägt.

Das rechte Rahmenholz, welches um 2'' höher liegt, als die übrigen, (Fig. 1, 2, 3) dient allein dazu, um das eine Lager l der Schwungradwelle E zu tragen, welche ihren zweiten Stützpunkt in m hat, so dass das Schwungrad D sich zwischen beiden befindet.

Hierdurch zeichnet sich unsere Maschine vor den meisten anderen vortheilhaft aus, indem gewöhnlich das Schwungrad mit dem Messer ausserhalb der Lager an der verlängerten Welle befestigt ist, und durch eine direct am Schwungrade befestigte Kurbel gedreht wird. Es wird Jedem einleuchten, dass, da die ganze Arbeit und Kraft in der Schwungradaxe concentrirt wird, es unmöglich ist, durch einseitige Unterstützung dasselbe vor nicht zu vermeidenden Schwankungen zu schützen. Dadurch wird nicht nur der geschnittene Häcksel sehr ungleich, sondern die Maschine selbst leidet dabei auch nicht wenig, während bei der vorliegenden Anordnung alle Schwankungen schon von vornherein vermieden sind.

Auch schon der grössern Sicherheit wegen ist diese Anordnung zu empfehlen, indem, da das Schwungrad mit dem Messer ganz vom Gestelle umschlossen ist, nicht leicht Jemand in Gefahr kommen kann, durch dasselbe verletzt zu werden.

Die Kurbel F (Fig. 1, 3) befindet sich ausserhalb der Maschine an der Verlängerung der Welle E, und wird durch sie die Umdrehung des Schwungrades D mit dem Messer H bewirkt. Die weitere Anordnung dieser Kurbel, welche Fig. 16 und 17 im grösseren Massstabe zeigt, bedürfte wohl keiner weitern Erklärung.

In gleicher Grösse ist das Lager l der Welle E, in Fig. 12, 13, 14, gezeichnet; und ist dasselbe so einfach, wie nur möglich, einge-

richtet, indem der Wellzapfen hineingeschoben, und dadurch ein Lagerdeckel erspart wird.

Eine complicirtere Form hat das zweite Lager m, Fig. 8—11;
dasselbe ist, weil es um 2″ niedriger als das erstere angebracht, selbst
entsprechend höher, und einmal an den Strohkasten B, dann an das
Rahmenholz A, geschraubt, was man am besten aus den Detailzeichnungen der Tafel XII b entnehmen kann. E′ ist das Loch für den
Zapfen der Welle; die darunter befindliche Oeffnung ist nur zur Er-
sparung des Gusseisens angebracht. Ueber die weitere Einrichtung
dieses Theils bei ϱ können wir jetzt noch nicht Rechenschaft geben,
und werden deshalb erst bei der Beschreibung der Speisevorrichtung
darauf zurückkommen.

Um ein Verschieben der Welle in der Axenrichtung zu verhüten,
ist auf dem hervortretenden Zapfen derselben ein Ring γ (Fig. 23) mit
einem Vorsteckkeile befestigt.

Die schmiedeeiserne Welle nun ist in der Nähe der Lager rund
abgedreht, während man sie in der Mitte 8eckig gelassen hat. Hier
bildet sie einen Krummzapfen (Fig. 32) der eine Höhe von 1¼″ besitzt, und durch eine später zu beschreibende Hebelverbindung die
Umdrehung der Speisewalzen h bewirkt, welche sich in dem Strohkasten B befinden. An diesem nun schneidet das Messer H herab,
welches an dem Schwungrad D befestigt ist.

Die Form der Schneide dieses Messers wird durch mehrere Erfor-
dernisse bedingt, welche Rau[*]) in Folgendem hervorhebt: „Die Klinge
muss nicht blos in gerader Richtung gegen die zu zerschneidende
Masse vordringen, sondern auch während des Schnitts seitwärts oder
längs der Oberfläche jener Masse vorrücken, wie eine Säge, d. h. einen
sagen, Zug haben, und doch zugleich durch die ganze Länge des
Strohlagers hinschreiten. Dazu ist eine gekrümmte Schneide nothwendig und es ist gut, wenn der Winkel, den sie mit dem horizontalen
Boden des Lagers macht, recht klein, besonders aber so viel als
möglich gleich gross ist **) Offenbar sind viele Combinationen von
krummen Linien der Schneide, so wie von Länge und Stellung derselben gegen das Flugrad möglich.“ Die Form der Schneide ist jedoch
stets concav oder convex; die erstere, nach welcher unser Messer
gekrümmt ist, hat den Vorzug, dass dieses die Halme besser zusam-
menfasst, und einen sicherern Gang hat. Das Messer H, welches
Fig. 7 in ¼ der wahren Grösse zeigt, wird mittelst der Schraubenlöcher e mit dem einen Arme des Schwungrades D verbunden (Fig. 5),

*) Die landwirthschaftlichen Geräthe der Londoner Ausstellung im Jahre 1851. — Amtlicher
Bericht mit Zusätzen und Abbild. von Rau. Berlin 1853.
**) Diese Bedingungen erfüllt am genauesten die logarithmische Spirale.

dessen eine Seite flach geformt und entsprechende Löcher für die Schraubenbolzen hat. Zwischen je zwei Löchern ist auf dieser flachen Seite des Arms jedesmal eine Vertiefung δ angebracht, damit die Berührungsfläche des Armes mit dem Messer verringert und die Bearbeitung derselben erleichtert wird. Man sieht diese Aussparungen am Besten aus dem Querschnitt γ des Arms. Ferner befinden sich an demselben noch vier Lappen μ, durch welche kleine Stellschrauben treten, welche die Stellung des Messers reguliren, und zugleich bewirken, dass die Schneide des Messers, etwa, wie bei einem Hobel der Lade näher liege als der Rücken. Dies hat den Zweck, dass das während des Schnittes vordrängende Stroh nicht gegen den Rücken hin an die Fläche der Klinge anstosse, nachdem die entsprechenden Punkte derselben schon geschnitten haben. Noch deutlicher wird die Befestigung des Messers durch die Betrachtung der Fig. 1—4 werden, wo man das Schwungrad in den verschiedensten Ansichten sieht. Der zweite Arm ist dem mit dem Messer versehenen ganz ähnlich geformt, wie der eingezeichnete Querschnitt λ zeigt. Noch deutlicher wird die Form des Schwungrades durch den Querschnitt nach α β in Fig. 6, dem die nöthigen Masse eingeschrieben sind.

Nach Betrachtung der Schneidevorrichtung gehen wir zu dem Speiseapparat über, und bemerken zuerst den hölzernen Zuführkasten C (Fig. 1, 3, 4), welcher einerseits auf einem Fusse e steht, und andrerseits auf dem Rahmen A ruht, wo er in den Strohkasten B mündet. An diesem ist C mittelst zweier Haken befestigt, welche in zwei entsprechende Ringe oder Oesen fassen, jedoch leicht gelöst werden können, damit der Kasten C, wenn die Maschine nicht arbeitet, bei Seite gestellt werden kann.

Der Strohkasten B nun ist aus Gusseisen und besteht aus der durchbrochenen Grundplatte a (Fig. 20, 23), welche mit den Seitenwänden b und c vermittelst der Lappen a, und a,, durch Schraubenbolzen verbunden ist. Dieser Kasten enthält die Zuführwalzen A, welche das Stroh mit ihren Zähnen ergreifen und vorwärts schieben. Jede Walze besteht aus 15 einzelnen Theilen, runden Scheiben θ und etwas grösseren mit vorspringenden Zähnen versehenen Rädchen η, deren Form und Anordnung aus Fig. 19 und 20 am besten ersichtlich ist. Diese Scheiben und Rädchen sind abwechselnd auf eine viereckige Welle geschoben und bilden ein zusammenhängendes Ganze, welches jedoch bei nothwendigen Reparaturen leicht auseinander genommen werden kann. Die Zahnrädchen der untern Walze sind so gestellt, dass jedes in eine Lücke der oberen greift, und hat man hier, weil an dem Ende nicht gut ein Zahnrad wirken könnte, statt dessen flache konische Scheiben κ angebracht. Die Wellzapfen der beiden Walzen drehen sich in Verstärkungen der Seitenplatten b und c. Die Bewegang der obern Axe h, wird der untern $h_{,,}$ durch die auf der Seite c befindlichen Zahnräder i, i, mitgetheilt (Fig. 19, 24), so dass sie sich mit gleicher Geschwindigkeit drehen.

Die Drehung der Axe h, wird durch ein Sperrad k bewirkt, welches sich auf der Seite b des Kastens befindet. In dieses Sperrad greift nun eine Klinke t, welche sich an einem Hebelarm s befindet, der seinen Drehpunkt in s, (Fig. 25) hat; d. i. in dem obenerwähnten Lager m, dessen flache Aussenwand ω einen Schlitz hat, welcher von den Lappen $\varrho\varrho$ eingefasst wird. Durch diese geht ein Bolzen $s_{,}$, um welchen sich der Hebel s drehen kann. Man wird leicht einsehen, dass wenn auf irgend eine Weise der Hebel s gehoben wird, derselbe mittelst der Klinke t das Sperrad k, und somit die Speisewalzen in Umdrehung versetzen muss. Da nun k am Zurückgehen durch den Sperrhaken u verhindert wird, so kann man durch abwechselndes Heben und Senken des Hebels s eine stossweise Drehung der Walzen bewirken. Dies geschieht nun durch die Schwungradwelle E auf eine sehr einfache Weise: Die oben erwähnte gekröpfte Stelle derselben (Fig. 24 und 32) wird nämlich von einem Haken n, einer Art schwingenden Lagers oder Lenkstange, umfasst, dem die Schraube n_1 die unverrückbare Stellung sichert.

Dieser Haken wird nun bei der Umdrehung seiner Warzenwelle abwechselnd gehoben und gesenkt, und variirt, da er excentrisch angebracht ist, bei seinem höchsten und niedrigsten Stande um $2\frac{1}{2}''$. Die Verlängerung des Hakens n geht durch eine Führung r (Fig. 18, 24), welche ihm hinreichenden Spielraum zu den nöthigen Seitenbewegungen lässt (Fig. 28). Seinen Drehpunkt findet der Haken unten in dem langen Hebel o, dem das Hängelager p am entgegengesetzten Ende eine Stütze giebt.

Dieses Hängelager p, welches man Fig. 27 in der Vorder-, Fig. 22 in der Seiten-Ansicht und Fig. 24 im Durchschnitt sehen kann, ist an dem Seitenrahmholz A_1 mittelst der Schraube p, und zweier Holzschrauben befestigt. Nahe bei dem Drehpunkte des Hakens n befindet sich in dem Hebel o noch ein zweiter Drehpunkt für die Schubstange q, welche durch dasselbe Stück r ihre Gradführung erhält. Dieses sehen wir in Fig. 24 in der Ansicht und Fig. 28 im Grundriss; es ist mit Holzschrauben an dem Querholz A_1, befestigt, und von diesem durch ein Blech ϕ getrennt, damit die auf- und abgehenden Eisen das Holz nicht beschädigen. Die Schubstange q ist oben mit einer abgerundeten Verstärkung versehen.

Durch die Drehung der Schwungradwelle E wird nun q mittelst des Hakens n und des Hebels o abwechselnd gehoben und gesenkt, und beträgt der grösste Höhenunterschied $2''$, um welche also der Hebel s gehoben werden würde, wenn er beim Anfange der Bewegung auf q in der niedrigsten Stellung ruhte. Diese Einrichtung würde jedoch nur genügen, wenn es die Absicht wäre, stets den Häckerling von gleicher Länge zu schneiden. Da dieselbe aber den Umständen nach häufig sehr verschieden gefordert wird, so muss man bei der Maschine einen Regulator anbringen, um nach Wunsch kürzeren oder längeren Häcksel zu schneiden. Bei unserer Maschine sind wir im Stande die drei gebräuchlichsten Längen von resp. $\frac{3}{8}$, $\frac{3}{4}$, $\frac{5}{8}''$ hervorzubringen.

Dies geschieht nun auf eine ausserordentlich sinnreiche und einfache Weise, die einen grossen Vorzug vor den complicirten Vorgelegen anderer Maschinen hat. Die Länge des Häcksels richtet sich natürlich nach der Grösse der jedesmaligen Drehung der Speisewalzen, und diese nach der Höhe, auf welche das Ende des Hebels s mit dem Sperrhaken t gehoben wird. Man verändert nun diese Höhe dadurch, dass man den Hebel s nach seinem Aufgange auf eine Stütze y (Fig. 18, 22, 25) herabfallen lässt, deren Höhe man verstellen kann, so dass der Sperrkegel das Rad beim jedesmaligen Hube respective um 1—2—3 Zähne vorwärts schiebt, und dadurch eine geringere oder grössere Drehung der Speisewalzen bewirkt. Die verstellbare Stütze y nun geht durch das Holz $A_{,,}$ und findet unterhalb desselben eine Stange w (Fig. 22, 24, 29), in welcher sie bei y_1 ihren Drehpunkt hat. Diese Stange wirkt als zweiarmiger Hebel, dessen Drehpunkt in x, (Fig. 22, 29) ist, und durch den Schraubenbolzen x mit dem Riegel $A_{,,}$ verbunden ist. Am andern Ende des Hebels w bei v befindet sich ein eisernes Zugband v, welches sich in senkrechter Richtung in seiner Führung, dem Riegel $A_{,,}$ verschieben lässt, und dadurch die entgegengesetzte Bewegung von y bewirkt. Die gewünschte Stellung von v lässt sich durch einen Vorsteckbolzen $v_{,,}$ fixiren, welcher durch ein entsprechendes Loch in dem Zugband tritt. Steht also das Zugband möglichst tief, wie in Fig. 22, so wird y seinen höchsten Standpunkt haben (Fig. 18 und 22), wo also bei jedesmaliger Umdrehung des Schwungrades das Sperrrad k nur um einen Zahn vorgerückt wird. Die extreme Stellung sieht man in Fig. 24, wo v seinen höchsten, also y seinen niedrigsten Stand einnimmt, und deshalb die Sperrklinke t mit ihrem Hebel s nach jedem Hube um 3 Zähne herabfällt, wodurch das grössere Vorschreiten des Strohs bedingt wird. Hieraus lässt sich der mittlere Stand, wo die Bewegung um 2 Zähne verrückt, leicht ableiten.

Die Fig. 25 bietet uns dieselbe Ansicht dar, wie Fig. 18, jedoch mit dem Unterschied, dass in diesem der Hebel s auf dem möglichst hohen y ruht, um später von q um nur e i n e n Zahn fortgerückt zu werden; während in Fig. 25 der Hebel s von der Schubstange q gehoben ist, um beim Zurücktreten der letzteren selbst um 3 Zähne auf y herabzufallen, welches hier wie in Fig. 24 seinen niedrigsten Stand hat.

Das Sperrrad k hat 32 Zähne, und befinden sich, wenn s auf dem niedrigsten y ruht, 7 Zähne zwischen den beiden Sperrhaken t und u, für den mittleren Stand von y aber 6, und für den höchsten nur 5 Zähne. Das genaue Passen der verschiedenen Höhen von y kann man durch die Schraube x in etwas reguliren.

Es bleibt uns nur noch übrig, den Deckel d zu beschreiben, welcher den Strohkasten B oben theilweise verschliesst, und zugleich mit ihm vorne die Austrittsöffnung (mouth) M bildet, vor welcher das zugeführte Stroh von dem Messer abgeschnitten wird. Dieser Deckel ist den Walzen entsprechend gekrümmt und mit Flantschen d, vermittelst Schrauben φ an den Seitenwänden des Kastens befestigt. Ausserdem geht noch durch beide, um jede Drehung zu verhüten, ein kleiner runder Stift. Den Deckel d sehen wir in Fig. 22 im Aufriss, in Fig. 23 im Grundriss, Fig. 20 im Querschnitt und Fig. 30 in der Unteransicht.

An den gusseisernen Deckel d wird nun bei χ eine schmiedeeiserne Platte π geschraubt, welche etwas vorspringt, jedoch noch 1/2″ hinter der Vorderkante des Kastens zurücksteht. Die untere Kante dieser Platte ist 2 1/2″ vom Boden des Kastens entfernt, welcher 10″ lichte Weite hat — die Dimensionen der Ausmündung. — Die Platte π erhält ausser durch die Schraube χ noch ihre feste Lage durch die an der untern Seite des Deckels befindlichen Knaggen σ, und tritt bis dicht an die obere Speisewalzen, in deren Lücken sie mit entsprechenden Vorsprüngen fasst. Diese dienen dazu, alles anhängende Stroh abzustreifen. Die schräge Lage der Platte π bewirkt ferner, dass das Stroh möglichst comprimirt und in einer compacten gleichförmigen Masse dem Messer zugeführt wird. Man sieht diese Platte, ausser in den Ansichten der Fig. 22 und 23, noch im Querschnitt der Fig. 20, und als vollständigen Grundriss in Fig. 31.

Die für die unteren Walzen durchbrochene Bodenplatte α des Kastens B ist an der Vorderseite der Walzen aus demselben Grunde wie die Platte π, mit entsprechenden Vorsprüngen versehen.

Zum Schluss bemerken wir noch, dass, um Reparaturen und theilweise Erneuerungen an der Maschine zu erleichtern, die einzelnen Gusstheile derselben mit bestimmten Zahlen bezeichnet sind, und man bei etwaigen Nachbestellungen nur nöthig hat, diese Nummern anzugeben.

Es ist bezeichnet worden

k mit Nr. 18. 14.

s „ „ „ 8.

t „ „ „ 15.

r mit Nr. 18. 5.
p ,, ,, ,, 6.
c ,, ,, ,, 1.
b ,, ,, ,, 3.

Die Leistung der Maschine beträgt 40—50 Bushels*) ³/₄" langen Häcksels pr. Stunde.

Der Preis ist 4 £ 4 s.**)

Tafel XIII.

Rick-Stand

von Ransomes and Sims (Ipswich).

Die Zeichnung auf Taf. XIII stellt eine Vorrichtung dar, die in England *Rick-Stand*, in Deutschland Dime-, Fime-, Feume-, Miethe- etc. Gestell genannt wird, und zum Zweck hat, das Getreide, wenn es vom Halme kommt und in Garben gebunden ist, darauf einzulegen, da nämlich die auf den Vorwerken vorhandenen Scheunen nicht ausreichen, um dasselbe alles in sich aufnehmen zu können. Auf diesen Gestellen bleibt dann das Getreide so lange, bis die Scheunen leer sind, worauf es dann von denselben heruntergenommen und auf die Tenne zum Dreschen gefördert wird. Vorzugsweise ist dabei beabsichtigt, das Getreide von unten vor Nässe und Fäulniss und ferner vor Ungeziefer, wie Mäuse, Ratten u. a. m. zu schützen.

Die ganze Construction ist auf obengenannter Tafel in einem Massstabe von ¹/₁₂ wahrer Grösse gezeichnet; daselbst ist Fig. 1 der Grundriss; Fig. 2 Ansicht und Grundriss eines Trägers mit der Glocke; Fig. 3 obere Ansicht der Fussplatte; Fig. 4 Ansicht; Fig. 5 Durchschnitt nach *AB*; Fig. 6 ein Theil der Ansicht des innern Reifens nebst Durchschnitt der beiden Stangen nach *CD*; Fig. 7 Ansicht einer Stange

Ueber das Nähere der Construction sei Folgendes gesagt:

Das ganze Gestell ist aus Eisen construirt und hat einen Durchmesser von 12 Fuss und eine Höhe von 2 Fuss. Der innere Reifen, aus einem Stücke als ein Ganzes gegossen, ist durch 2 Stangen verstrebt, welche durch die im Reifen befindlichen Löcher hindurchgesteckt und an einem Ende mit einem Kopfe, an dem andern mit einem

---

*) 1 Bushel ═ 0,651 Scheffel preussisch.
═ 1,167 Himten hannoversch.
═ 0,850 Scheffel sächsisch.
═ 0,934 „ mecklenburgisch.
**) 1 Lvr. Sterling à 20 shillings ═ 6 Thlr 25 Sgr.
═ 6 Thlr. 20 Ggr. } Courant
═ 6 Thlr. 40 Schilling

Schraubengewinde nebst einer darauf passenden Mutter versehen sind. Durch letztere wird der Reifen entsprechend angezogen. Es liegen die Stangen in verschiedenen Ebenen, wie aus Fig. 6 zu ersehen ist.

An dem Reifen befinden sich ferner im Innern 3 Träger, welche in gleicher Entfernung von einander angebracht sind. Diese Träger sind mit der Glocke in einem Stücke gegossen und vermittelst zwei Schrauben an den Reifen befestigt. Damit aber der auf dem Reifen stattfindende Druck bei der Belastung nicht auf den Schrauben allein ruht, so sind am Träger zwei vorspringende Aufsätze Fig. 2 vorhanden, die unter den Reifen treten und denselben tragen. Die Glocke an dem Träger hat den Zweck, da durch sie die Gestellstütze in den Träger geht, dem Ungeziefer, wie Ratten, Mäusen u. s. m., den Zutritt in die Dimen zu hindern.

Durch den Trägerkörper geht ein Loch, welches die Gestellstütze aufnimmt, deren vertikale Axe, gegen den Horizont nach innen zu, um ein Geringes geneigt ist. Der Durchmesser derselben entspricht genau dem im Träger befindlichen Loche, so weit sie in demselben steckt, welche von oben bis zur Mündung in die Glocke um ein Geringes zunimmt, dann aber unmittelbar unter der Glocke mehr zunimmt, wie aus Fig. 5 im Durchschnitt zu ersehen ist. Am untern Ende der Gestellstütze, wo sie in der Fussplatte steht, hat sie die Form einer Halbkugel. Die Gestellstütze wird also durch das Loch im Träger eine geringe Neigung gegen den Horizont nach innen erhalten, wodurch erreicht wird, dass sie bei der Belastung des Gestells eine Gegenwirkung nach der mittleren, vertikalen Axe desselben äussert.

Die Fussplatte dient zur Aufnahme der Gestellstütze und hat den Zweck, der auf ihr stehenden Gestellstütze das Eindringen in den Erdboden zu verhindern, indem sie mit einer grössern Fläche gegen denselben drückt; sie hat durch angegossene Rippen noch eine Verstärkung erhalten, wie aus Fig. 3 und Fig. 5 im Durchschnitt zu ersehen ist, um dem bei der Belastung des Gestells auf sie wirkenden Drucke gegen das Zerdrüsken hinreichend Widerstand leisten zu können.

Concentrisch mit dem erwähnten Reifen befindet sich ein zweiter Fig. 1, mit einem Durchmesser von 12 Fuss, der mit ersterem durch Stangen, die wie die erwähnten construirt sind, entsprechend verbunden ist. Dieser Reifen ist in 3 Theilen gegossen, welche bei der Zusammenfügung des Ganzen stumpf an einander gesetzt und so angeordnet sind, dass die Stösse auf die Mitte der Träger kommen, wo alsdann die Enden vermittelst Schrauben zu einem Ganzen mit denselben verbunden werden. Da nun 6 Träger in diesem Reifen sind, so nimmt ein Träger um den andern einen Stoss auf.

Was die Construction dieser Träger, Gestellstützen und Fussplatten betrifft, so ist sie der oben erwähnten im wesentlichen gleich.

Das ganze Gestell kann, dem Beschriebenen gemäss, in einzelne Theile auseinander genommen werden, was theils schon die Construction erheischt, dann aber auch noch den Zweck hat, dasselbe leichter an jeden beliebigen Ort transportiren zu können.

Tafel XIV a und XIV b.

Die Mähmaschine.

Nach Hussey-Garrett von Ransomes and Sims.

Schon seit langen Jahren hat man sich die Aufgabe gestellt, eine Maschine zu construiren zum Schneiden oder Mähen des Getreides an Stelle der Sichel und Sense.

Eine vollständige Erledigung dieser Aufgabe hatte gewiss viel Lockendes; nicht allein wegen ihrer technischen Schwierigkeiten, sondern auch wegen der ausserordentlichen Vortheile, die eine solche Maschine dem Landwirthe zu versprechen schien. Sie liess denselben eine Menge Hülfsarbeiter ersparen und war ganz vorzüglich wünschenswerth für schwach bevölkerte Gegenden mit grossen Getreidefluren, wo es oft darauf ankommt, das Getreide schnell einzubringen, um z. B. bei schönem Wetter einer ungünstigen Witterung zuvor zu kommen.

Die Schwierigkeiten beim Herstellen einer guten Mähemaschine sind nicht unbedeutend. Es muss bewirkt werden, dass der Halm der schneidenden Klinge nicht ausweichen kann, vielmehr dass er fest gehalten wird wie von der linken Hand des Schnitters beim Mähen mit der Sichel. Ferner war die Fortbewegung ein zu beachtender Umstand. Die Pferde konnten nicht wie beim Pfluge unmittelbar vorgespannt werden, weil sie sonst das Getreide niedergetreten haben würden. Man musste also darauf bedacht sein, sie hinten oder seitwärts von der Maschine wirken zu lassen.

Im Jahre 1811 stellte der Engländer Smith zuerst eine solche Maschine her, welche jedoch ihren Zweck nicht vollständig erfüllte und eben keine Anwendung fand.

Die Industrie-Ausstellung zu London lieferte nun eine Menge solcher Maschinen, worunter die Maschinen der Amerikaner Mac Cormick und Obed Hussey sich besonders bemerklich machten.

Die Maschine nach Hussey-Garrett, von Ransomes and Sims ausgeführt, ist es nun, welche auf Taf. XIV a und XIV b dargestellt ist und im Folgenden beschrieben werden soll. Der hauptsächlichste Unterschied dieser beiden amerikanischen Maschinen besteht in der Verschiedenheit der Schneidevorrichtung. Cormick bewirkt das Schneiden mit einer sägeartigen Vorrichtung und Hussey mit pfeilartig gestalteten Messern. Ferner ist bei Cormick das später erwähnte grosse Bodenrad glatt, während es bei Hussey mit Leisten versehen ist.

Im Uebrigen haben beide Maschinen Vieles ziemlich überein.

Die zu erläuternde Maschine von Ransomes and Sims hat auf der Ausstellung in Herrenhausen ausgezeichnet geschnitten und liess fast nichts zu wünschen übrig. Gehen wir jetzt zur Beschreibung dieser Maschine über.

Das Abschneiden des Getreides geschieht durch pfeilartig gestaltete, an den Kanten zugeschärfte Platten (Messer) h, Fig. 1 Taf. XIV a, die an einer Stange befestigt sind, welche vermittelst eines Krummzapfens und mehrer Räder hin und her bewegt wird. Die Stange mit den Messern wird in vorstehenden, zugespitzten Eisen m (siehe Fig.) hin und her geschoben und bei der Fortbewegung der ganzen Maschine wird das zwischen diesen Spitzen aufgenommene Getreide abgeschnitten.

Die Fortbewegung geschieht durch ein oder mehre Pferde, welche die auf zwei Rädern ruhende Maschine ziehen. Das grössere der beiden Räder a, Fig. 1 Taf. XIV a, hat einen Durchmesser von $2'$ $6^3/_8''$ und ist aus Gusseisen verfertigt. Auf dem Umfange ist es mit vorspringenden Rippen versehen, damit die Fortbewegung besser vor sich geht. Das kleinere Rad diesem gegenüber, Fig. 4 Taf. XIV a, hat nur einen Durchmesser von $1'$ $6^3/_8''$; beide Räder können höher oder niedriger gestellt werden, je nach der zu mähenden Getreideart und je nachdem kurze oder lange Stoppeln stehen bleiben sollen. Bei dem grösseren Rade wird dies durch die Lager r bewirkt, die (Fig. 7 Taf. XIV b) jedes mit 2 Oeffnungen für die Axe versehen sind. Das Stellen dieser Axe wird jedoch nur bei einer bedeutenderen Umänderung der Höhe nothwendig. Eine geringere Verstellung wird durch das kleinere Rad bewirkt. Die Axe dieses Rades befindet sich nämlich an einem Hebel o Fig. 2 Taf. XIV a. Dieser Hebel hat seinen Drehpunkt am Boden der Maschine. Er bewegt sich in einem bogenförmigen Führungsstücke n, das ebenfalls am Boden befestigt ist.

Gedachtes Stück n so wie der Hebel sind durchlocht, und je nach dem man nun einen Bolzen durch das Loch des Hebels und die verschiedenen Löcher des Bodenstücks steckt, wird auch das Rad verschieden hoch gestellt, da es die Kreisbewegung mitmachen muss.

Die durch die Umdrehung der beiden Räder hervorgebrachte Bewegung wird durch ein Zahnrad b, welches mit dem Rade a auf derselben Axe steckt, einem andern Zahnrade c auf einer Parallelaxe mitgetheilt. Auf derselben Axe mit dem Rade c steckt aber noch das konische Rad d, welches mit einem andern konischen Rade e zusammengreift und die Umdrehung der Welle desselben mitsammt dem daran gesteckten Krummzapfen f und dadurch das Hin- und Herschieben der Stange g mit den Messern bewirkt.

Auf Taf. XIV a Fig. 6 ist die eben gedachte Axe mit dem Rade e und dem Krummzapfen f dargestellt. Auf Taf. XIV b Fig. 10 die Axe mit dem Rade c.

Die Lager für die Axe der Räder a und c befinden sich auf zwei Balken, die durch Querriegel verbunden sind. Ausserdem sind vorn auf diesen Balken zwei andere Lager q, Taf. XIV a Fig. 5, angebracht, welche die Axe aufnehmen, an der die Deichsel befestigt ist.

Seitwärts an dem aussen liegenden Balken sind die beiden Lager der schräg liegenden Axe des Rades e angebracht. Beide Lager sind in Fig. 7 Taf. XIV a und Fig. 4 Taf. XIV b besonders gezeichnet.

Die Stange g mit den Messern sieht man auf Taf. XIV a Fig. 3.

Die Lenkstange, welche die Verbindung zwischen der Stange g mit dem Krummzapfen f vermittelt, zeigt Fig. 8 Taf. XIV a.

Beim Hin- und Herschieben der Messer h nehmen die Eisen m, die am Messer haftenden Unreinlichkeiten fort und dienen ferner dazu, das Getreide zu fassen, damit es in der Schnittrichtung nicht ausweicht.

Die Anzahl der Messer beträgt 20½; sie sind auf der Stange g festgenietet, können also ausgewechselt und einzeln zugeschärft werden.

Wenn die Maschine nicht arbeiten soll bei ihrer Fortbewegung, so können zu diesem Zwecke die beiden konischen Räder d und g ausser Eingriff gebracht werden.

Die Ausrückung geschieht durch die Gabel u, die sich um einen durch das Lager r gehenden Bolzen dreht. Eine andere Stange v, die auf dem Balken ihren Drehpunkt hat, soll das Verschieben der Axe des Rades d verhüten, wenn eingerückt ist. (Siehe Fig. 2 und 7, Taf. XIV b).

Unter den 4 Rädern, so wie auch unter dem Krummzapfen gehen Eisenbleche her, die unter die Balken geschraubt sind. Sie sollen die Räder vor Schmutz bewahren, der sonst leicht die Zahnlücken beim Arbeiten verstopfen und dadurch das Vorwärtsbewegen sehr erschweren würde.

Es ist noch der Vorrichtung p zu erwähnen, die zum Höher- oder Niedrigerstellen der Deichsel dient. Das Stellen wird durch das Auf- und Niederschrauben einer Mutter bewirkt.

Ueber das Rad a auf die beiden schon mehrfach erwähnten Balken kommt ein Kasten zu stehen als Sitz des Arbeiters. Das abgeschnittene Getreide legt sich auf die hinter den Messern befindliche ebene Fläche.

Der Arbeiter ist mit einem Rechen versehen, um von seinem Sitze aus ein geordnetes Hinlegen des Getreides und das Fortschaffen desselben von der Maschine zu bewirken. Auch kann er bei liegendem Getreide dasselbe mit dem Rechen etwas in die Höhe richten und so besser zum Schnitt bringen.

Tafel XV a und XV b.

Pferde-Rechen.

(Hungerharke, Sauharke.)

Der Pferderechen dient dazu, die nachgebliebenen Aehren schneller und sorgfältiger einzusammeln und ist diese Maschine um so anempfehlenswerther, da zur Zeit ihres Gebrauchs der Landwirth seine Pferde weniger nöthig braucht.

Die hier dargestellte ist bis auf die Deichsel ganz aus Eisen gefertigt, kann aber dennoch ihrer geringen Schwere halber ziemlich auf jedem Terrain gebraucht werden.

Die Maschine ist auf Taf. XV a im Grundriss, auf Taf. XV b in der Seitenansicht dargestellt und besteht in ihren Haupttheilen:
1) Aus der Deichsel DD, 2) aus den Rädern AA mit dem Rahmen aa, 3) aus dem Mechanismus, welcher dazu dient, die zum Nachharken bestimmten Zinken k,k,k, zu heben, d. h. auszurücken oder wiederum zu senken, d. h. in die arbeitende Stellung zu bringen.

1. Die Deichsel.

Ist wie bereits erwähnt, aus gutem Laubholze gefertigt und mit verschiedenen Krampen und Oehren versehen, welche zum Anspannen des Zugthieres dienen.

Zur besseren Befestigung ist noch am unteren Ende der Deichsel ein halbmondförmiger Stab Rundeisen eingesprengt, welcher mit den beiden Armen, sowie mit dem Querriegel verbolzt ist.

2. Die Räder mit dem Rahmen.

Die beiden Räder AA sind ganz aus Guss, $2\frac{1}{2}''$ breit, $2'$ $6\frac{1}{2}''$ Durchmesser. Der Rahmen aa (siehe Fig. 2 und 3, Taf. XV b Detail) bildet die Haupttragsvorrichtung der Maschine und ist aus Schmiedeeisen. 3 Seiten sind hier aus einem Stück gebogen, die vierte Seite erhält er durch einen Stab, an welchen Zapfen gefeilt sind und der dann durch vorgeschraubte Muttern befestigt wird.

Der Rahmen erweitert sich an den beiden schmalen Seiten (siehe Fig. 3, Taf. XV b) und erhält hier eine runde und zwei quadratische Oeffnungen. — Die runde dient dazu, um die Axen der Räder aufzunehmen, welche hier durch vorgeschraubte Muttern y,y, befestigt werden. An seinem untern Ende nimmt der Rahmen die Welle ss auf, welche als Drehaxe für die einzelnen Zinkenhalter k_0, k_0, dient.*)

---

*) Diese Welle ist im Detail Fig. 4 links gezeichnet und aus Versehen mit mm bezeichnet worden.

Vorgesteckte Splinte geben ihr eine unveränderte Richtung.

Die im Grundriss zu sehenden Stäbe dienen dazu, dem Rahmen grössere Haltbarkeit zu verleihen, und sind an beiden Seiten festgeschraubt.

3. Der Mechanismus zum Aus- und Einrücken.

Selbstverständlich kann nur dann ein sorgfältiges Nachlesen erreicht werden, wenn die Spitzen der Zinken dem Boden möglichst nahe sind, und dies wird am vollkommensten in der, in der Seitenansicht gezeichneten Stellung (Fig. 1) sein, sollen aber die Zinken höher stehen, oder gar ganz ausgerückt werden, wie dies wohl immer auf dem Wege zum und vom Felde der Fall sein wird, so müssen diese in eine Stellung gebracht werden, die ungefähr der punktirten gleichen wird. Zu diesem Behufe ist innerhalb des Hauptrahmens $aa\,a$ ein kleinerer Rahmen nn, mm angebracht, welcher im Grundriss der Seitenansicht und im Detail Fig. 4 Taf. XV sichtbar ist, und ebenfalls um die Welle ss (hier fälschlicher Weise mm genannt) drehbar ist.

Soll nun ausgerückt werden, so drückt der Knecht, welcher gleichzeitig das Pferd mit der einen Hand lenkt, mit der andern in der Richtung der punktirten Linie auf den Hebel HH. Dieser nun ist an der Hauptwelle CC befestigt und bringt hierdurch diese in Drehung, wodurch denn der ebenfalls daran feste Hebel cc in Bewegung kommt und dadurch einen Druck auf die an dem Gussstücke WW befindliche Rippe ww ausübt.

Ein derartiges Gussstück ist nun an jeder Seite befestigt, und wird an der innern Seite desselben ein Kniehebel xx *) angeschraubt (siehe Fig. 9 und 10). Dieser Hebel nun wird an den innern Rahmen nn geschraubt und dreht sich ebenfalls um ss, wodurch dann der Rahmen mm, nn, und mit ihm die darauf ruhenden Zinken zz gehoben werden, was um so mehr erleichtert wird, da die Gussstücke WW gleichzeitig als Gegengewichte dienen. Es kann, wenn für einige Zeit nicht gearbeitet werden soll, der Rahmen so weit zurückgebogen werden, dass er durch den an HH befestigten Haken zurückgehalten werden kann.

In der punktirten Stellung sind dieselben Buchstaben, aber mit einem (,) gesetzt worden und gleichzeitig diejenigen Punkte K u. F angedeutet worden, in welche das Gussstück und der Hebel c kommen würde, wenn der Haupthebel in B stünde.

Auch ist in dieser Stellung der Zinken kk deutlichkeitshalber auch an der Stelle punktirt worden, wo er durch den Rahmen nn verdeckt wird.

---

*) Im Grundriss fälschlicher Weise mit u bezeichnet.

Die Befestigung von Deichsel und Rahmen geschieht auf folgende Weise:

Es wird am Ende der Deichsel eine schmiedeeiserne Platte festgeschraubt, welche sich in p in zwei Arme q und z theilt, q geht in einem Bogen über den Rahmen hinweg und wird in 8 vermittelst Schraube und Mutter befestigt, während z unterwärts läuft und an der parallellaufenden Seite festgeschraubt wird. Zu bemerken ist, dass q nicht weit von p eine Erweiterung bildet, welche als Lagerstelle für CC dient.

Der im Grundriss sichtbare Stab FF bildet eine festere Verbindung der beiden Gussstücke. Der Zinken ist in Fig. 6, 7, 8 im Aufriss, Grundriss und Seitenansicht, das Gussstück in 9, 10, 11 im Aufriss, Grundriss und Hinteransicht dargestellt. Die quadratischen Oeffnungen (Fig. 3 Taf. XV b) dienen zur Aufnahme von Keilen, um dem Rahmen n n, m m verschiedene Stellungen zu geben. Ein Hauptvortheil dieser Maschine besteht darin, dass jeder Zinken einzeln um die Axe s s drehbar ist, was wesentlich dazu beiträgt, Hindernisse zu überwinden und Brüche zu verhindern.

Die Maschine ist eine Erfindung Smiths, und bei Ransomes & Sims in Ipswich zu haben.

Tafel XVI a und XVI b.

Maschine zum Heumachen

(Heuwender, hay-maker)

aus der Fabrik von W. Crosskill zu Beverley (York).

Diese Maschine dient zum Ausbreiten und Wenden des gemähten Grases. — Robert Salmon von Woburn hat zuerst eine solche construirt und 1816 ein Patent darauf genommen. — Der Hauptunterschied der Salmonschen und der hier vorliegenden Maschine besteht darin, dass diese ein *double action haymaker*, jene ein *simple action haymaker* ist. Es sind nämlich statt eines Rechenhaspels hier zwei vorhanden, und in Folge dessen treibt hier jedes der beiden Gestellräder den Heuwendemechanismus (die Rechenhaspeln) unabhängig von dem anderen.

Die Tafeln XVI a und XVI b enthalten folgende Ansichten des Heuwenders und seiner Theile:

Fig. 1. Seitenansicht des zum Arbeiten gestellten Heuwenders.

Fig. 2. Grundriss desselben.

Fig. 3. Ansicht des Getriebgehäuses A und dessen nächster Umgebung, wie sich dasselbe zeigt, wenn man die Maschine von hinten sieht.

4 *

Fig. 4. Längenansicht eines Rechenhaspels S von hinten, nebst der Feststellungsvorrichtung T beider Haspeln S und einem Verticalschnitt des einen Getriebes und Rades. — Von den acht Rechen des Haspels sind sechs, der leichteren Uebersicht wegen, entfernt gedacht, und es ist der untere der beiden noch vorhandenen niedergeschlagen gezeichnet. Der Schnitt ist in der Stellung des Gehäuses k genommen, in welcher sich die Haspelspindel w vertical über der Radaxe v befindet.

Fig. 5. Seitenansicht des Fig. 4 gezeichneten Haspels, wenn dessen Spindel w und Hülse l nach II durchschnitten gedacht wird.

Fig. 6. Seitenansicht der Haspelfeststellung T (Fig. 4), wenn die Spindel w und die Hülse l nach II II durchschnitten wird.

Fig. 7. Schnitt III III der Fig. 6.

Fig. 8. Schnitt IV IV der Fig. 4.

Fig. 9. Schnitt V V des Getriebes Fig. 4; von der Mitte der Maschine gesehen und den Radzapfen v entfernt gedacht.

Fig. 10. Seitenansicht des Getriebgehäuses k mit dem Durchschnitt des darin verkeilten Randzapfens v, und mit der als Splint dienenden Schraube n, welche zum Verstellen des Gehäuses k gegen die Deichselrichtung benutzt wird. Fig. 28 zeigt diese Schraube allein mit ihrer Flügelmutter.

Fig 11. Ansicht des Triebes r von der Seite, mit welcher es an der Hülse l befestigt wird.

Fig. 12, 13 u. 14. Ansichten des Bügels b, welcher das halbe Charnier der Rechen H bildet.

Fig. 15, 16 u. 17. Ansichten des anderen Charniertheiles m, welcher mit den Rechen H fest verbunden ist.

Fig. 18, 19, 20 u. 21. Ansichten der gabelförmigen Knaggen k, welche mittelst der Schrauben u zum Feststellen der Haspeln dienen.

Fig. 22 zeigt diese Schraube u allein mit der zugehörigen Mutter und Scheibe. Die Schraube hat einen vierkantigen, versenkten Kopf.

Fig. 23. Ansicht einer der Federn f des Haspels, nebst der Schraube y, mit welcher sie in dem Bügel und dieser zugleich an dem achteckigen gusseisernen Rahmen d befestigt wird.

Fig. 24. Ansicht einer Rechenzinke.

Fig. 25, 26 u. 27. Ansichten der abnehmbaren Deckel der Nebenbüchse c am Getriebgehäuse k.

Einrichtung und Gang dieses Heuwenders von Crosskill.

Die Maschinerie wird durch ein Pferd, welches in die Deichsel D einzuspannen ist, über die betreffende Wiesenflur gezogen. Diese Fortbewegung dient zugleich zum Betriebe des Streu- und Wendemechanismus. Derselbe erfolgt durch die Drehung der Gestellräder *G*, welche wie bei jedem Wagenrade durch die Reibung der Radperipherie auf der Flur eintreten wird. Auf jede Nabe*) der beiden Gestellräder *G* ist hinten ein Zahnrad *R* (47 Zähne) gekeilt (Fig. 4). Die beiden Zahnräder *R* greifen in die zwei Triebe *r* (13 Zähne) und bewirken dadurch die Drehung der Rechenhaspeln *S*. Jedes dieser beiden Räderpaare ist von einem gusseisernen Gehäuse *h* umschlossen, welches zugleich zur Befestigung der Radachse *v* dient und ein wesentlicher Theil des Mechanismus ist (Fig. 1, 2, 3, 4, 9 u. 10). Eine Zugstange *w* verbindet diese zu beiden Seiten der Maschine liegenden Gehäuse *h* in constanter Entfernung fest mit einander. Die Zugstange *w* ist zugleich Spindel für die langen, röhrenartigen Hülsen *l* der Rechenhaspeln (Fig. 1, 2, 3, 4, 5, 6, 7 u. 8) und daher auch Achse der Triebe *r*, welche mit diesen Hülsen *l* durch zwei Vorsprünge und drei Niete fest verbunden sind (Fig. 4, 11). Die Hülsen *l* sind auf der Spindel *w* verschiebbar um die Zahnlänge der Getriebe, so dass dieselben durch diese Verschiebung ein- und ausgerückt werden können. Um die Hülsen *l* an den ihnen gegebenen Stellen der Spindel *w* festzuhalten, dient eine Vorrichtung *T* auf der Mitte der Spindel *w* (Fig. 2, 4, 6, 7 u. 8). Diese besteht aus zwei gabelförmigen, gusseisernen Knaggen *k* (Fig. 6, 7, 8, 18, 19, 20 u. 21), welche über Flantsche *z* der Hülsen *l* fassen und sich in Schlitzen einer festen Glocke *g* verschieben und feststellen lassen. Die Glocke *g* ist durch die Schraube *o* befestigt, welche die Spindel *w* umfasst (Fig. 2, 4, 6, 7 u. 8). — Jede der beiden Hülsen *l* hat in der Mitte eine Verstärkung, auf welche die Naben *p* zweier achteckiger, gusseiserner Rahmen *d* gekeilt sind. An diesen Rahmen *d* sind die Rechen *H* befestigt und bilden mit denselben die mehrfach erwähnten Rechenhaspeln *S*, welche das Heu wenden. Diese Verbindung zwischen Rechen und Rahmen ist aus Fig. 4 und 5 am besten zu ersehen und ist wie folgt: Auf jeder Ecke der achteckigen Rahmen sind Bügel *b* (Fig. 1, 2, 4, 5, 12, 13, 14) mit Vorsatz eingelassen und durch eine Schraube *y*, welche zugleich die Feder *f* hält, befestigt. Diese Bügel sind den beiden zusammensitzenden Oesen eines gewöhnlichen Charnieres zu vergleichen und nehmen zwischen ihren Schenkeln das Mittelstück *m* (Fig. 1, 2, 4, 5, 15, 16 u. 17) des Charniers auf, welches durch zwei Niete mit ihnen verbunden ist. Dieses Stück besteht ebenfalls aus Gusseisen und ist mit dem drei Fuss langen Rechenholz *t* durch zwei Holzschrauben und eine Zinke fest verbunden (Fig. 4. u 15). Ferner hat dies Stück *m* zwei Fortsätze *e* und *i*, gegen welche die erwähnte Feder *f* drückt und dadurch den Rechen-

---

*) Diese Naben sind von Gusseisen, während die Speichen und Felgen der Räder von Holz gefertigt sind.

zinken die richtige, radiale Stellung giebt. Es bezweckt diese Verbindungsart der Rechen mit den Rahmen erstens ein Zurückbiegen der Rechen, falls durch Steine oder sonstige Bodenunebenheiten die Drehung der Rechenhaspeln behindert oder die Zinken zerbrochen werden könnten. Zweitens ein Zurückspringen der Rechen in ihre anfängliche radiale Stellung, sofort nachdem das Hinderniss passirt ist. Endlich drittens ist hierdurch ermöglicht, die Rechen niederzulegen, in welcher Lage der untere Rechen (Fig. 4 u. 5) gezeichnet worden ist. Diese Stellung der Zinken wird beim Nichtgebrauch der Maschine, so wie beim Heim- und zu Feldefahren, der grösseren Sicherheit wegen sehr erwünscht sein.

Was ferner die Verbindung der Deichsel mit der Maschine betrifft, so ist diese durch Schienen E von Flacheisen und Winkelbändern φ hergestellt (Fig. 1, 2, 3, 4 u. 10). Die Schienen E sind durch die Muttern a (Fig. 3 u. 4) mit den Axen v der Gestellräder G und also mit den Gehäusen k verbunden. Diese Verbindung ist dergestalt, dass sich die Schienen E um die Muttern drehen können (Fig. 4), damit man die Rechenhaspeln und respective die Zinkenspitzen dem Erdboden nähern oder entfernen könne. Ferner wird diese Verstellung durch die Schrauben n ermöglicht, welche durch ein längliches Loch in den Schienen E und zugleich durch eins der Löcher x des Gehäuserandes gesteckt werden. Endlich ist noch zu erwähnen, dass auf dem hölzernen Querriegel q, in welchen die Deichselbäume D gezapft sind, eine etwas nach hinten geneigte Brettwand steht, welche den Flug des Heues nach vorne begrenzt.

Die gewöhnliche Bewegung der Rechenhaspeln S ist die den Gestellrädern G entgegengesetzte. Sollen dieselben sich aber anders herumdrehen, d. h. ebenso wie die Gestellräder G, so löst man die Muttern u der Feststellung T, schiebt die Haspeln S näher zusammen, so dass die Triebe r aus dem Eingriff mit den Rädern R kommen, und stellt die Uebersetzung wieder her durch zwei neue Triebe, welche in R und r greifen und lose auf die Deckelschrauben s gesteckt werden. Darauf werden die Muttern u wieder angezogen, um die Haspeln in dieser Stellung zu erhalten.

Eine solche Maschine soll die Arbeit von zwanzig Handarbeitern verrichten und erfordert nur einen Mann und ein Pferd zur Arbeit. — Der Preis eines solchen Heuwenders ist bei Crosskill 13 £ 13 s.

Tafel XVII.

Gardners Patent-Rübenschneider.

Im Wesentlichen besteht diese allgemein als vortrefflich anerkannte Maschine aus einer mit entsprechenden Messern versehenen Trommel, die sich in einem Kasten, einem Rumpfe, bewegt, der einerseits zum Aufnehmen der zu schneidenden Wurzelgewächse, andererseits zur Bildung einer festen Gegenschneidewand für die Messer der Trommel dient. Dabei zeigt:

Fig. 1 eine Seitenansicht der ganzen Maschine;

Fig. 3 einen Längendurchschnitt, durch die Mitte derselben;

Fig 2 die Oberansicht des Aufschüttbehälters;

Fig 7 die Oberansicht der Trommel, wie sie in Fig. 3 steht;

Fig. 9 einen verticalen Durchschnitt derselben;

Fig. 5 eins der beiden Deckbleche für die Trommel, abgewickelt;

Fig. I., II. u. III. stellen einzelne Messer in der Trommel dar, und Fig. II. noch ein Stück der Gegenschneidewand; dies in doppelter Grösse, wie der dabei stehende Massstab anzeigt;

Fig. 8 zeigt die Oberansicht des Trommelkastens oder Rumpfes;

Fig. 4 die inwendig mit Warzen versehene gusseiserne Gegenschneidewand im Rumpfe;

Fig. 11 die Oberansicht des Gestelles nebst dem Behälter zum Auffangen und Ausschütten des Geschnittenen;

Fig. 10 ein Lager für die Trommelwelle;

Fig. 6 eine Ansicht des halben Schwungrades und ein Durchschnitt desselben;

Das Gestell besteht aus einem viereckigen auf vier Füssen ruhenden Rahmenwerke, welches durch die beiden Schraubenbolzen *ab* zusammengehalten wird. Dasselbe wird durch Schrauben und eingelegte Muttern (Fig 3) an den 4 Füssen befestigt und ist bis auf die Bolzen aus Holz gefertigt.

Auf den Rahmen sind die gusseisernen Lager für die Trommelwelle geschroben (Fig. 1, 11 u. 10) und ist in den Langwänden des Trommelkastens ein Loch für die Trommelwelle ausgespart, wie in Fig. 3 durch punktirte Linien angedeutet.

Der Aufschüttbehälter besteht aus zwei Holzwänden, die durch zwei Querhölzer verbunden sind, während der übrige Theil der beiden Querwände durch gusseiserne Gitter gebildet wird. Dieser Behälter ist durch vier Schrauben auf dem Trommelkasten befestigt (Fig. 2).

Drei Seitenwände des Trommelkastens bestehen aus Holz, die vierte ist die Gegenschneidewand für die Messer an der Trommel und ist zu dem Zwecke inwendig mit etlichen Reihen Warzen versehen;

(Fig. 3 und II), gegen welche sich die zu schneidenden Früchte stemmen, und auf diese Weise nicht zwischen der Trommel und der Gegenschneidewand zerquetscht, sondern zerschnitten werden.

Die Trommel selbst besteht aus einem gusseisernen Körper, zweiunddreissig Messern und den beiden Deckblechen.

Die Messer werden an dem gusseisernen Körper befestigt, und zwar so, dass ihre Schneiden, die man aus der Detailfigur 1. leicht erkennen kann, vorstehen. Damit alle Messer zum Schneiden kommen, ist der Mantel des Körpers, der durch zwei breite Arme (Fig. 3) mit der Nabe verbunden ist, von beiden Seiten nach der Mitte zu stufenartig ausgeschnitten (Fig. 7, 9). Um die Messer bequem an dem Mantel befestigen zu können, haben die Abstufungen einen nach innen vorstehenden Rand, deren Ecken mit p_1 p_2 und so weiter (Fig. 3 u. 9) bezeichnet sind. Die Messer werden an diesen Rand geschroben und lehnen sich mit ihrem Rücken an die nächstfolgende Stufe des Mantels.

In Fig. 3 sind auf der rechten Seite die Messer fortgenommen gedacht, auf der linken Seite sind sie (ebenso wie in Fig. 7, II und III) mit m_1, m_2 und so weiter bezeichnet.

Jedes der Deckbleche (Fig. 5, 7 u. 9) besteht wieder aus zwei Hälften und ist in gleicher Höhe mit der Oberfläche der Messer um die Trommel gelegt und daran festgenietet (siehe noch Fig. 3, II u. III).

An den Langwänden des Trommelkastens ist nach innen an jeder eine Holzleiste (deren Unterkante in Fig. 3 punktirt angegeben) und daran wieder eine gusseiserne Führungsplatte befestigt (g h k l Fig. 3 u. 8). Dieselbe berührt mit ihrer unteren kreisförmigen Seite beinahe die Trommel (Fig. 3), damit keine ungeschnittenen Früchte zur Seite von der Trommel herabfallen. Diese Platte hat in der Richtung $i k$ Fig. 3 und 8 (punktirt) eine Verstärkungsrippe.

Damit nun auch nichts hinter die Trommel falle, ist hier ein schräges Brett $g h$ Fig. 3 und 8 (in Fig. 3 schraffirt) angebracht.

Die Trommel reicht mit ihrem äusseren Rande nur unter obige Führungsplatte, so dass die geschnittenen Früchte, die in die Trommel fallen, leicht zur Seite wieder heraus können, und dann durch den konisch geformten Ausschüttbehälter (Fig. 1, 3 u. 11) in ein darunter gestelltes Gefäss gelangen.

In Fig. 9 bedeuten die so (.......) punktirten Linien das umgelegte Deckblech und bedeuten o_1, o_2 u. s. w. ebenso wie in Fig. 5, 7, II und III die Ecken der stufenartigen Ausschnitte.

In Fig. 5 sind drei Messer an das Deckblech so gelegt gedacht, wie sie sich wirklich an der Trommel befinden; an der Stellung der Befestigungsschrauben kann man auch sehen, wie die Lage des Deckblechs zu dem stufenartigen Rande des Trommelmantels ist.

Fig. II und III stellt zwei Messer dar, an der Stelle, wo sie im Begriff sind zu schneiden.

Nach Versuchen, die mit dieser Maschine angestellt sind, arbeitet sie am besten, wenn nur wenig Wurzelgewächse auf einmal hineingeworfen werden.

Sie zerschneidet die Wurzeln in Flocken von $3/4''$ Breite und $1/2''$ Höhe; und lässt sich sehr gut von einem Mann bewegen.

Tafel XVIII.

Read's patentirter Untergrundpflug,

verfertigt von W. Crosskill.

Dieser einfache und praktische Pflug ist in Fig. 1 und 2 resp. im Auf- und Grundrisse dargestellt; die übrigen Figuren sind zur Construction erforderliche Details und in einem doppelt so grossen Massstabe gezeichnet.

Die ganze Anordnung dieses Pfluges ist so einfach, dass über die Construction etwas zu sagen überflüssig scheint; nur so viel sei bemerkt, dass die Sterzen sich um einen Bolzen b Fig. 1 und 2 drehen und in c oder c' feststellen lassen; der in Fig. 8 gezeichnete Keilschlüssel dient zum Lösen und Festschlagen der Keile, welche die Gestellsäulen l und p, Fig. 1, 2, 6 und 7, und den Scharhalter d Fig. 1, 2 und 3, an dem Baume feststellen.

Aus einem vorliegenden Protokolle über die Versuche mit diesem Pfluge, auf dem Veersser Felde bei Uelzen angestellt, entnehmen wir Folgendes:

„Der Crosskill'sche Untergrundpflug zeigt sich auf den ersten Blick entsprechend. Seine Einfachheit wie sein solider Bau, die Anbringung wie die Form des wirkenden eisernen Schuhes (Schars) — Alles bekundet seine Brauchbarkeit. — Der Versuch bestätigte dies. — Der Pflug ging sicher und fest in der Furche her und durcharbeitete den Unterboden hier auf 8 Zoll, hob kleine Kieselsteine heraus und erforderte keine grössere Zugkraft, als der Pflug, welcher die erste Furche auf 8 Zoll tief gezogen hatte. — Zu erinnern fand sich, dass, weil der Baum ohne alle Biegung — völlig gerade — ist und die Anspannung in der Achse sich befindet, die Zuglinie auch in der Mitte der Furche sein muss; deshalb musste ein Pferd auf dem umgepflügten, das andere auf dem festen Lande gehen. Um das bequemere Gehen des rechten Pferdes in der Furche zu erreichen, wird eine entsprechende Zugvorrichtung erforderlich. Uebrigens hielt man dafür, dass vorn am Baume ein Rad — statt der angebrachten zwei — ausreichen, ja vielleicht besser sein möchte."

Tafel XIX.

Patentirter schmiedeeiserner Schwingpflug

von Ransomes & Sims zu Ipswich.

Dieser fast ganz aus Schmiedeeisen construirte Pflug ist auf Taf.
XIX in den Figuren 1—13 in den für das Verständniss erforderlichen
Ansichten abgebildet. Fig. 1, 2 stellen den Pflug im Aufriss und Grund-
riss dar, Fig. 1 a zeigt einen Theil von Fig. 1 von der Rückseite, so-
wie Fig. 3, 4, 5 die Abbildung der Räder vervollständigen. Gedachte
Figuren sind im Massstabe von $1/8$, die übrigen (6—13) in $1/4$ wahrer
Grösse gezeichnet.

Der Baum besteht aus zwei Stücken s und t (Fig. 2), wodurch
einerseits die angebrachte Befestigung des Pflugmessers möglich, andererseits auch eine bedeutende Steifigkeit gegen Seitendruck erreicht
wird. Diese beiden Stücke sind an der vorderen Seite zusammen-
geschweisst und gehen als Ein Ganzes bis ans Ende, hinten jedoch
werden sie durch Schrauben (q, w, x und y) verbunden, die zum Theil
zugleich zur Befestigung der Sterzen g und t dienen. Letztere sind
mehrmals von einander abgesteift durch s, und s und durch Schrauben
zusammengehalten. Am hinteren Ende befinden sich hölzerne Handhaben h, wie Fig. 1 zeigt durch Niete an den Sterzen befestigt.

Die Zugvorrichtung i wird aus Fig. 1, 2 hinlänglich zu erkennen
sein, die Räder mit ihrer Stellvorrichtung durch Druckschrauben u. s. w.
aus denselben Figuren sowie aus denen 3, 4, 5, indem Fig. 3 Ansicht
des kleineren (auf der Furche gehenden), Fig. 4 Ansicht und Fig. 5
Grundriss des grösseren Rades darstellt. Bei dem kleineren Rade
bildet die verticale Säule umgebogen zugleich die horizontale Axe,
während beide Theile bei dem grösseren trennbar und nur durch eine
Klemmschraube verbunden sind. r und r, sind dazu bestimmt, die an-
haftenden Erdtheilchen vom Umfange der Räder abzustreifen.

Zur Befestigung des Pflugmessers oder Sech's dient der gusseiserne
Sechhalter, welcher ausser in den Figuren 1, 2 noch in Fig. 6, 7, 8
dargestellt ist. Fig. 8 ist Ansicht von oben, wenn Fig. 6 nach $\alpha\beta$
durchschnitten wird. Mit den beiden Theilen des Baums ist die Verbindung hergestellt durch die Schraubenbolzen p und q. Das Pflugmesser geht durch einen Ring, der durch eine Klemmschraube anzu-
ziehen ist, und kann noch durch Nachtreiben eines Keiles die gewünschte Richtung genauer erhalten.

Verbessert man in Fig. 1 den Fehler, indem dort c statt a gesetzt
ist, so wird man besonders mit Hülfe der Figuren 9, 9a, 12, 13 die
ganze Form und Bestimmung der gusseisernen Griesssäule a verstehen;

Mit den beiden Theilen *u* und *l* des Baums wird sie oben fest durch Schrauben *w* und *x* verbunden. (Fig. 9 ist Seitenansicht und Durchschnitt nach *z*, von Fig. 10 und in Fig. 9 a ist der Theil *u* abgehoben gedacht.) Wie die Figuren 9, 10 zeigen, geht *a* neben dem Winkeleisen *b* horizontal fort und dient zuletzt zur Befestigung der Pflugschar *o* sowie der zweiten Griessäule *d* (s. die Ansicht von unten Fig. 13).

Fig. 11, 12 zeigen Seiten- und obere Ansicht der Pflugschar *o* und des Streichbrettes *z*. Letzteres erhält am vorderen Ende seine Befestigung an der oben durch *q* gehaltenen Griessäule *d*; am hinteren Ende aber durch den nachhin horizontalen Arm *c*, (s. Fig. 9, 10), der vertical bei *c*, durch die Schrauben *m* und *n* mit der Griessäule verbunden ist.

Dieser Pflug, in Ransomes und Sims' Kataloge mit *YOH2* bezeichnet ist nach Angabe der Erbauer sehr brauchbar in leichtem Boden, besonders wenn nicht tiefer als 4—5″ gepflügt werden soll. Indessen hat die mit der Prüfung beauftragte Section der XV. Versammlung deutscher Land- und Forstwirthe die ausgestellten englischen Pflüge als den deutschen Verhältnissen nicht völlig entsprechend erklärt und in ähnlicher Weise (etwa wie folgt) spricht sich auch der landwirthschaftliche Verein zu Uelzen aus:

Die Ransomes & Sims'schen Pflüge erhalten durch die angebrachten zwei Räder einen zwar sicheren, aber sehr erschwerten Gang. Das Streichbrett bewirkt durch seine lange, schwach gewundene Form eine vollständige Abtrennung und Umwendung, aber keine Zerkrümelung des Bodens; die Pflüge können daher nur als Rasenschäler empfohlen werden. Im übrigen sind die Pflüge Kunstwerke und zeigen, welcher verschiedenen Stellungen der Pflug, nicht allein rücksichtlich seines Tief- und Breitganges, sondern auch in Bezug auf die Richtung des Streichbrettes, der Schar und des Seeh's fähig ist.

Der Preis des Pfluges ist 2 £ 16 shill., der eines gusseisernen Streichbrettes 5 s, eines Pflugmessers 4 s, eines Dutzend Pflugscharen 8 s.

Tafel XIX a.

Patentirter eiserner Pflug
von Ransomes & Sims zu Ipswich.

Dieser Pflug (*plough*), von den Fabrikanten mit *YL* bezeichnet, besteht aus dem Baume (Grindel, Pflugbalken, *beam*), den Sternen (Handhaben, *handles*), dem Pflugmesser (Seeh, Kolter, *coulter*), der Stell- und Zugvorrichtung, die sämmtlich von Schmiedeeisen; alle andern Theile dagegen, als die Schar (*share*), das Streichbrett (Riester, *mould board*), die Griessäule (*Frame*), die Sohle, das Vordergestell, der Schar- und Pflugmesserhalter sind von Gusseisen.

Die Figuren 1 und 2 unserer Zeichnung stellen den zusammengesetzten Pflug resp. im Auf- und Grundrisse dar, die übrigen dagegen sind Details und in einem doppelt so grossen Massstabe gezeichnet.

Der Baum *t u* Fig. 1 und 2 besteht aus einem schmiedeeisernen Stücke, das nach hinten zu gabelförmig zwei Arme bildet, die bei *u* die Griessäule (hier zugleich Molterbrett), ferner den Pflugmesserhalter *c* und bei *t* ein Gussstück zum Einsetzen eines Schälkolters (*skim coulter*) zwischen sich aufnehmen; weiter nach vorne laufen beide Arme zusammen und befindet sich hieran zunächst das Vordergestell, dann am äussersten Ende die Stell- und Zugvorrichtung.

Die Anordnung des Vordergestells, der Stell- und Zugvorrichtung dürfte zur Genüge aus der Zeichnung hervorgehen.

Die Befestigung des Pflugmessers *a* sieht man im vergrösserten Massstabe in Fig. 7 und 8. Es ist hier *c* der eigentliche Halter, der sich um einen Bolzen in *f* nach einem Bogen, wie die Oeffnung *h* zeigt, auf- und niederdrehen, durch eine Schraubenmutter, die von der Vertiefung *g* umschlossen und mit Hülfe einer Schraubenspindel durch *h* angezogen werden kann, feststellen lässt, wie man auch dies im Auf- und Grundrisse Fig 1 und 2 angedeutet findet. Vermittelst der Ringe *d* und *e* Fig. 7 und 1 ist das Messer *a* am Halter befestigt. Der Ring *d* hat einen ebenen Ansatz, der sich in eine geringe Vertiefung des Halters legt, dagegen tritt *e* mit seiner Schraubenspindel durch eine viereckige Oeffnung des Halters und wird durch eine Schraubenmutter angezogen. Man ist somit in den Stand gesetzt, durch die Drehung des ganzen Halters um den Punkt *f* dem Messer eine mehr oder weniger geneigte Lage gegen den Horizont zu geben, während durch eine Drehung des Messers in den Ringen *d* und *e* die Schneide mehr rechts oder links gestellt werden kann. Fig. 8 ist ein Durchschnitt nach δγ von Fig. 7.

Die Griessäule, welche der Baum bei *u* zwischen sich aufnimmt, ist Fig. 4 vergrössert dargestellt und Fig. 5 ein Durchschnitt nach αβ. Sie hat oben 3 Löcher für Schraubbolzen zur Befestigung am Pflugbaume; durch die Oeffnungen *x* und *z* gehen Schraubbolzen zur Befestigung der Sohle, die man ebenfalls hier sieht und eine Länge von 28³/₄, Höhe von 5¹/₄ und Breite von 2¹/₂-Zoll hat. — An die Griessäule bei *w* Fig. 4, 5 und 1 legt sich unmittelbar das Streichbrett *s* Fig. 2 und wird durch einen Schraubbolzen damit verbunden. Die Oeffnungen bei *i* Fig. 4 dienen zunächst zur Befestigung des Stückes *i k*, welches man in Fig. 6 und 2 sieht. Der Theil *i m* der Fig. 6 ist nämlich aus einem Stücke gegossen und wird mit der Griessäule verbolzt,

k dagegen Fig. 6 und 2, woran das Streichbrett einen fernern Befesti-
gungspunkt hat, lässt sich an *im* mit Hülfe der Schraube bei *l* verstellen, wodurch man befähigt ist, das Streichbrett *s* dem Baume mehr
oder weniger zu nähern.

Um aber auch zugleich die Schar *b* dann passend stellen zu
können, dient der Scharhalter (*lever neck*) *q*, der in Fig. 4 nur punktirt angedeutet, dagegen in Fig. 9 im Auf- und Grundrisse dargestellt
ist. Der Ansatz *r* Fig. 4 der Griessäule passt nämlich in eine entsprechende Oeffnung des Halters und lässt sich der Letztere mit der
Schar *h* um einen Bolzen, der durch die runde Oeffnung bei *r* der
Griessäule und dem Halter geht, auf- und niederdrehen, so dass die
Spitze der Schar bald mehr bald weniger gegen die Ebene der Sohle
geneigt werden kann. Der Halter *q* Fig. 9 hat weiter nach oben einen
Ansatz, von wo aus eine $\frac{1}{2}$ Zoll starke eiserne Stange *r'* geht und
von unten mittelst hakenförmig umgebogenem Ende die Schar hält.
— Eine fernere Befestigung des Scharhalters mit der Schar erfolgt
durch einen kurzen Bolzen, wie aus dem Grundrisse in Fig. 9 zu ersehen. — Wie schon gesagt, ist der Scharhalter einmal bei *r* mit der
Griessäule verbunden, dann aber auch noch vermittelst eines Schraubbolzens, der durch eine Oeffnung oben und links im Scharhalter und
zugleich durch die $1\frac{1}{16}$ Zoll weite, $2\frac{1}{8}$ Zoll lange Oeffnung in der
Griessäule (Fig. 4 eben über *i*) geht. Dieser Schraubbolzen lässt sich
in der letztern länglichen Oeffnung auf- und niederschieben, indem der
Kopf desselben in der Vertiefung *o* Fig. 5 und Rückseite der Griessäule eine Führung hat.

Durch die Schraubenmutter *p* Fig. 2, die dem Pflugbaume zunächst
liegt, wird zuerst der Schraubbolzen festgesetzt, die beiden andern
Muttern *p* und *p* nehmen dann den Scharhalter *q* zwischen sich auf.
Dadurch nun, dass man den gedachten Schraubbolzen höher oder tiefer
in *o* feststellt, wird *q* um *r* gedreht und somit die Scharspitze tiefer
oder höher gerichtet; durch das Anziehen der einen und Lösen
der andern Mutter *p*, welche *q* zwischen sich aufnehmen, ist eine geringe rechts- oder linksgängige Bewegung des Halters, und somit eine
links- oder rechtsgängige Bewegung der Scharspitze möglich.

Die Sterze *n* Fig. 1, 2 und punktirt in Fig. 4 ist mit der Griessäule
einmal direct verbunden Fig. 4 und 1, dann aber auch noch an *m*
Fig. 6 wie punktirt im Aufrisse Fig. 1 angedeutet ist.

Je nachdem der Grund oder Boden, der gepflügt werden soll, be-
schaffen, ist auch das Streichbrett *s* und die Schar *b* verschieden. Ransomes & Sims geben in ihrem Kataloge an, dass mehr wie zwanzig
verschiedene Streichbretter zu diesem Pfluge gehören. Unsrer ist mit
Y L 26 bezeichnet.

Die Schare dieses Pfluges sind auf der untern Seite gehärtet und vorne mit einem eingegossenen Stücke Stahl versehen, wie Fig 3 an der Spitze andeutet. Hiedurch gewinnt man den grossen Vortheil, dass die Spitze nur äusserst langsam sich abnutzt, aber auch nicht so leicht abspringt, als wäre sie von Gusseisen. Wegen der grössern Härte auf der untern Fläche der Schar wird sie sich oben offenbar am meisten abnutzen, also unten stets eine scharfe Schneide halten, wodurch das bei gusseisernen Scharen unmögliche Schärfen auf eine einfache Art umgangen ist.

Der Preis dieses Pfluges ist 4 £ 4 s.

Versuche, die mit diesem Pfluge angestellt sind, haben kein besonders günstiges Resultat ergeben, wie dies aus einem vorliegenden Protokolle des landwirthschaftlichen Vereins hervorgeht, von dem das Wesentlichste am Schlusse der Beschreibung des Pfluges auf Taf. XIX wiedergegeben ist.

Tafel XX a und XX b.

Jauche - Karren
von W. Croskill.

Es ist dies ein für ökonomische Zwecke höchst praktisch eingerichteter Karren, der sich von ähnlichen Vorrichtungen im Wesentlichen durch eine an ihm befestigte Saugpumpe und einen Vertheilungsapparat unterscheidet. Mittelst der Pumpe kann man die Jauche sofort aus ihrem Reservoir in den Karren pumpen und erspart somit das äusserst unangenehme Schöpfen der Flüssigkeit mit Eimern. Durch den Vertheilungsapparat soll eine grössere Fläche und diese gleichmässig gedüngt werden. Der Jauchebehälter selbst besteht aus gusseisernen Wänden, von denen die beiden längeren an den Enden umgebogen sind, um den Verband durch Schraubbolzen möglich zu machen.

Die Ansichten auf der Tafel sind folgende:

Fig. I. Längenansicht.

Fig. II. Ansicht von hinten.

Fig. III. Grundriss.

Fig. IV. Durchschnitt durch die Mitte der Längenrichtung nach.

NB. Gleiche Buchstaben bezeichnen dasselbe in den verschiedenen Figuren.

$a\,b\,c\,d\,e\,f$ ist ein Winkelhebel zum Oeffnen und Schliessen der Mündung h, durch welche die Jauche ausfliesst. Die Hebelaxe $a\,b$ hat bei a und g ihre Lager, in welchen sie sich dreht. Von den beiden Punkten c und f dient c zur Aufnahme der Schubstange d, an welche letztere die Hand fasst. Beim Verstellen der Stange d macht c eine schwingende Bewegung, f bewegt sich vertical auf- und abwärts. Wird also der Stange d eine Bewegung nach der Richtung des Pfeiles gegeben, so wird f und somit der Schieber i gehoben, wodurch die Mündung h geöffnet wird. Fig. IV zeigt, wie sich der Schieber i in der Führung r bewegt. s ist ein Ansatz, auf dem der Schieber hinauf- und heruntergleitet. Die Scheidewand tt im Innern des Kastens dient dazu die Flüssigkeit zu trennen und dadurch zu starke Schwankungen derselben zu verhindern. Fig. II und III zeigen eine Nuth k, die dazu bestimmt ist, Ansätze aufzunehmen, welche mit dem Pumpenkörper aus einem Stück gegossen sind und wodurch die Verbindung von Pumpe und Kasten bewerkstelligt wird. Der ganze Kasten erhält oben einen hölzernen Deckel, welcher durch 2 Eisenstangen m und m, fest verschlossen wird. Gedachte Stangen erhalten eine Befestignng durch Hülsen ll und l, l, vor welchen Schraubenmuttern angebracht sind. Der hintere Theil des hölzernen Deckels bis zu den Hülsen ll lässt sich aufklappen. Um diesen Theil gehörig geschlossen zu halten, ist der um n drehbare Riegel o angebracht. Das im Deckel befindliche Loch p soll die aus der Pumpe kommende Flüssigkeit einlassen; es lässt sich nach Bedürfniss durch den Schieber q schliessen und öffnen.

Alles Uebrige wird aus der Zeichnung selbst verständlich sein.

Die Tafel XX b zeigt die einzelnen Theile des auf Taf. XX a gezeichneten Jauchekarren.

Es ist Fig. 1 und 2 die Pumpe, durch welche die Jauche von der Jauchestelle in den Karren gepumpt wird. [An der Pumpe sitzen zwei eiserne Ansätze B und C, durch welche dieselbe mit dem Karren verbunden wird, indem der am Ende sitzende schwalbenschwanzförmige Zapfen in die, dazu gehörige eiserne Nuth geschoben, wird.

Fig. 3 und 4 zeigen in vergrössertem Massstabe den Pumpenkolben, die Kolbenstange und eine Geradführung A. Das Ventil, das in Fig. 5 und 6 dargestellt, ist ein messingenes Klappenventil. Die Einrichtung des Kolbens und der Kolbenstange ist hinlänglich aus der Zeichnung zu sehen. Die Geradführung besteht darin, dass ein halbcylindrisches Stück Messing J inwendig an die Pumpe festgeschraubt wird, und dass sich in der Mitte in einer Verstärkung ein Loch befindet, durch welches die Stange A, welche eben zur Geradführung dient, hindurch geht.

Zum Ansaugen der Jauche dient der Fig. 11 gezeichnete Schlauch, dessen oberes Ende U an das untere Ende der Pumpe angeschraubt und durch die Mutter D befestigt wird. Das untere Ende dieses Schlauches besteht aus einer kupfernen Röhre S, in der Löcher geschlagen sind. Der Schlauch *T T* selbst ist von Leder und Kupfernieten gebildet.

Fig. 7 bis 10 stellen einen langen schmalen Kasten dar, einen Vertheilungsapparat durch den die Jauche, wenn sie aus dem Karren kommt, laufen muss, damit sie sich gut vertheilt. Dieser Kasten, von dem Fig. 7 Vorderansicht, Fig. 8 Grundriss, Fig. 9 Seitenansicht und Fig. 10 Querdurchschnitt durch die Mitte von Fig. 7 und 8 ist, hängt an einem eisernen halbkreisförmigen Bügel, der oben mittelst eines Schraubbolzens an der Hinterseite des Karren bei *v* befestigt wird, und so rechtwinkelig gegen die Längenaxe des Wagens steht. Der Kasten wird durch das Brett *S S* verschlossen, an welchem die Zahnstangen *P* sitzen; in diese greifen die Getriebe *O O* ein, welche an einer eisernen Stange *N N* befestigt, durch das Rad *R* bewegt werden können. Durch einen Sperrkegel, der in das Rad *Q* eingreift, können dieselben festgestellt werden. Vorn auf dem Boden des Kastens sitzen grössere dreiseitige abgestumpfte Pyramiden und vor diesen ist die Kante, über welche die Jauche aufs Land fliesst, eingekerbt, damit sich dieselbe gleichmässig vertheilt.

Ehe jedoch die Jauche in diesen Kasten gelangt, fliesst sie aus dem Loche im Karren *h* in die Fig. 12 und 13 gezeichnete Röhre, wovon Fig. 13 die Vorderansicht, Fig. 12 die Unteransicht ist. Die Platte *W* ist vor das Loch des Karren an denselben angeschraubt, und fliesst die Jauche durch die Röhre *V*, die an den Enden rechtwinkelig umgebogen ist, in den Kasten Fig. 7 und so auf das Land.

Tafel XXI.

Einfacher Pferdekippkarren.

Auf dieser Tafel ist ein einfacher Pferdekippkarren gezeichnet, der von den Engländern auch *emigrant cart* genannt wird, da er sich als besonders vortheilhaft für Auswanderer bewiesen hat. Ausser anerkannt guter Bauart und Festigkeit englischer Wagenconstruction und Ausführung im Ganzen wie der einzelnen Theile, ist die Einrichtung besonders praktisch, dass der obere Kasten dieses zweiräderigen Karren um eine feste Axe, die normal auf der Ebene der Räder steht, gedreht (gekippt) werden kann, jedoch so, dass die Deichsel dabei in einer horizontalen Lage bleibt.

Nehmen wir nun die einzelnen Figuren dieser Tafel durch, so haben wir

Fig. 1. Die Längen-Ansicht dieses Karren. Bei *A* ist in dem Langbalken *K K* das Lager für die Axe, um welche sich der Karren drehen kann, und besteht dieselbe aus einer runden eisernen Stange von 1″ Stärke. Um den Kasten gehörig festzustellen, wenn derselbe in horizontaler Lage sein soll, dient eine Hebelvorrichtung vorn am Karren, die aus den Fig. 1, 2 und 4 leicht ersichtlich ist. Fig. 2 stellt nämlich die Vorderansicht des Karrens dar, Fig. 4 den Grundriss der Deichsel. Ein eiserner Hebel B hat seinen Drehpunkt bei Q und wird durch eine starke Feder P mit dem einen Ende bei R gegen eine eiserne Platte, an der der Drehpunkt Q und die Erhöhung R mit einem Loche sitzen, gedrückt, und zwar so, dass das rechtwinkelig umgebogene Ende des Hebels in das Loch des viereckigen Bügels R greift. In den durch diesen Bügel gebildeten Raum passt ein am Kasten befestigter Bügel E, der mit mehreren Löchern versehen ist, in welche das Ende des Klinkhebels B hineinfasst und wodurch man in den Stand gesetzt wird den Kasten beliebig schräg zu stellen. Um den Hebel in jeder beliebigen Lage erhalten zu können, bewegt er sich auf dem einen Schenkel der Deichsel unter einer Hülse C, in der Löcher sind, durch welche ein Stift D gesteckt werden kann, der dann den Hebel in der bestimmten Lage feststellt.

In Fig. 2 ist noch FF, die Axe des Karrens (Fig. 7) zu sehen, die aus einem Stück Eisen viereckig von 2″ Stärke verfertigt ist. Sie ist bis auf 1″ in den unmittelbar darüber liegenden Querbalken eingelassen und wird unten durch Bügel und Schrauben bei G G gehalten.

Die Räder haben eiserne Naben, und ist die Lage dieser sowohl wie der Axe im Rade links durch die punktirten Linien angegeben. Vorn und hinten sind die Seitenwände des Kasten durch eiserne Stangen noch befestigt, H H und O O, und wird das Uebrige leicht zu übersehen sein, zumal die Buchstaben immer in den einzelnen Figuren dasselbe Stück bezeichen.

Fig. 3 ist die Hinteransicht des Karrens. Hier sieht man die Hirnseiten M M zweier Langbalken, die, wie Fig. 5 als Unteransicht des Karren zeigt, hinten etwas über den Querbalken N N hinausragen, vorn aber in den Querbalken J J eingelassen und daher in Fig. 2 nicht zu sehen sind.

Fig. 6 und 7 stellen endlich einen Durchschnitt des Rades und der Axe nach einem vergrösserten Massstabe dar.

Die Radfelgen sind 2″ breit und 2½″ hoch.

Die ganze eiserne Nabe ist 9¼″ lang, und ist nach der dem Karren zugewendeten Seite ausgehöhlt, um eine Verstärkung der Axe bei b aufnehmen zu können.

Ausserdem hat die Axe in der Mitte noch eine ringförmige Einkerbung, die dazu dienen soll, die Schmiere aufzunehmen.

Was noch die Deichsel anbetrifft, so ist dieselbe nach einer für das Pferd bequemen Weise gebogen und vorn mit eisernen Haken versehen, um sie am Geschirr befestigen zu können.

Tafel XXII a und XXII b.

Transportable Baumverpflanzungs-maschine.

Einem jeden, der sich mit Baumzucht speciell beschäftigt, aber auch jedem Oekonomen ist es hinlänglich bekannt, welche Schwierigkeiten dem Verpflanzen älterer und grösserer Bäume entgegenstehen. Der letztere Umstand, nämlich das Versetzen von Bäumen von einem Orte zum andern, ist aber häufig von Wichtigkeit, besonders bei Anlagen grösserer Baulichkeiten, Schlösser, Landhäuser etc. mit umgebenden Gartenanlagen. Zur Verpflanzung grosser Waldbäume, wie Eichen, Buchen etc., ohne wesentliche Störung ihres Wachsthumes durch diese Operation, dient die auf Taf. XXII a und XXII b gezeichnete Maschine. Von selbiger sind auf der ersten der erwähnten Tafeln in Fig. 1 die geometrische Ansicht, in Fig. 2 der Horizontalschnitt nach der Linie αβ der Ansicht und in Fig. 3 der Durchschnitt eines Rades dargestellt; auf der zweiten angegebenen Tafel findet sich in Fig. 1 eine Vorderansicht, Fig. 2 eine Hinteransicht, Fig. 3 ein Stück des Hebezeuges, Fig. 4 der Durchschnitt durch den Wendeschemel; in Fig. 5—10 sind noch einige Details in vergrössertem Maszstabe angegeben.

Auf dem von den Axen der 4 Räder E getragenen Stücke D (Taf. XXII a, Fig. 1 und 2) ruhen die beiden nach Laves'scher Art aufgeschlitzten Balken A; sie liegen zwischen 4 Hebeladenständern C, mit denen sie durch Zugstangen U' verbunden sind. Zwei andere ebenfalls aufgeschlitzte Balken B sind zwischen den Hebeladenständern C verschiebbar, und zwar ist die Stellung durch Bolzen r, welche durch die entsprechenden Oeffnungen in den Hebeladenständern gesteckt werden und auf denen dann das Ende des Balkens ruht, zu reguliren (Taf. XXII b, Fig. 3).

Zur Hervorbringung einer Querverbindung dienen bei den Balken A die mit ihnen durch Schraubbolzen verbundenen Riegel b; zu gleichem Zwecke befinden sich an den Hebeladen die Zugstangen U'. Von dem Vordergestelle wird der runde Wendeschemel G getragen, der zweitheilig und mit 2 eisernen Ringen an den reibenden Flächen versehen ist. Der obere ringförmige Theil des Schemels steht weit

4 Stützen, die auf der Scheere k ruhen; auch bildet er das Auflager der Langhölzer L und Querhölzer H, welche die Balken A tragen. Alle diese Hölzer sind überkämmt und durch Schraubbolzen verbunden. In die Scheere k kommt die Deichsel Q; die Pferde ziehen an den Schwengeln N, die wieder mit dem Hauptschwengel M verbunden sind. Die Drehaxe des ganzen Vordergestells befindet sich in d (Taf. XXII a, Fig. 2) in Form eines eisernen Bolzens, der, um ihn gegen Herausfallen zu sichern, am obern Theile von D festgeschraubt ist an zwei lappenförmigen Ansätzen.

Hat man einen Baum zum Verpflanzen ausersehen, so giebt man ihm einen ungefähr 10 — 12′ im Durchmesser haltenden Ballen, d. h. man sticht durch Umgrabung des Baumes alle über diese Entfernung hinaus ragenden Wurzeln ab, und ebenso sucht man auch in 3′ Tiefe selbige möglichst zu entfernen. Hierauf wird der gebildete Graben, um das Austrocknen des dem Baume gebliebenen Erdballens möglichst zu verhindern, wieder mit Laub und lockerer Erde ausgefüllt. Durch diese Behandlung wird nämlich der Baum gezwungen, da er fast aller seiner auswärtsgehenden Wurzeln beraubt ist, eine Menge junger Saugwurzeln in dem Erdballen zu reproduciren, wobei seine Thätigkeit nöthigenfalls durch Begiessen mit Wasser zu unterstützen ist.

Glaubt man nun, dass die Neubildung der Wurzeln in hinlänglichem Grade stattgefunden hat, was gewöhnlich 1 — 2 Jahre nach Abgraben des Ballens geschehen, so ist der Baum zum Verpflanzen hinlänglich vorbereitet, was auf folgende Weise bewerkstelligt wird:

Man legt zunächst den Ballen des zu verpflanzenden Baumes frei, indem man das Erdreich um ihn herum in solcher Entfernung weggräbt und an zwei Seiten mit Abschrägungen versieht, dass der Wagen mit dem darauf befindlichen Baume nachher bequem aus der Grube gefahren werden kann. Nachdem nun auch die Erde um die noch stehengebliebenen Wurzeln unter dem Ballen so viel wie möglich abgestochen ist, bringt man die Bohlen darunter, auf denen der Baum beim nachherigen Transporte steht. Die Bohlen S werden von 2 Bäumen T getragen. Behuf des Anladens entfernt man zuerst die beiden Hebeladenständer C am Vordergestelle mit allen Unterlagen; nach Wegnahme des Schraubbolzens d kann man das ganze Vordergestell unter den geschlitzten Balken A wegziehen. Diese beiden sind dann nur noch am Hintergestelle fest, und werden mit letzterm auf die Weise in die Grube geschoben, dass der Stamm des zu verpflanzenden Baumes zwischen beide Balken kommt, wie es Taf. XXII a, Fig. 2 im Grundrisse zeigt. Hierauf bringt man das

Vordergestell an seinen Platz und stellt die feste Verbindung aller Theile wieder her.

Dann lässt man die Balken *B* so weit zwischen den Hebeladenständern herunter, bis sie auf *A* aufliegen, und schlägt dann sowohl um die Tragbalken *T*, als um *B* starke eiserne Ketten *W*. Jetzt kann mit dem Aufwinden des Baumes begonnen werden; zu diesem Zwecke sind die Balken *B* an beiden Enden mit eisernen Bügeln versehen (Taf. XXII b Fig. 3), in welche ein Haken *O* greift, der wieder in einem Bügel des Hebels *s* hängt.

Dieser Hebel findet, wie bei der gewöhnlichen Hebelade seinen Stützpunkt abwechselnd auf 2, zwischen die beiden Ladenständer gesteckten Bolzen *r'*. Befindet sich nämlich der Hebel *s* in der Taf. XXII b Fig. 3 ausgezeichneten Stellung, so ist der rechtsbelegene Bolzen *r'* der Drehpunkt des Hebels. Sein anderes Ende hebt sich durch Herunterziehen des langen Hebelarms (durch ein daran befestigtes Seil *p*) und dadurch auch den mit ihm verbundenen Balken *B* mit der daran hängenden Last des Baumes. Wird der Hebel aus dieser Stellung wieder emporgehoben, was an dem hinteren Ende durch Hebebäume *A* geschieht, so ist nunmehr der linksseitige Bolzen *r'* Stützpunkt, und die an dem Balken *B* hängende Last wird abermals mit aufwärts gezogen. Geschieht diese eben beschriebene Operation gleichzeitig an allen 4 Hebeladen der Maschine, so wird der Baum nach und nach auf solche Höhe gebracht, bis er die in Taf. XXII b Fig. 1 angegebene Stellung erreicht hat, worauf er dann aus der Grube gefahren und weiter transportirt werden kann. Zu bemerken ist noch, dass jedesmal bei Veränderung der Bewegung des Hebels an jeder Hebelade der Bolzen *r* unter den Balken *B* gesteckt werden muss, um bei etwaigem Brechen eines Theils des Hebezeuges das Herabfallen der ganzen Last zu verhindern.

An dem neuen Aufstellungsorte angekommen, wird dieselbe Operation vorgenommen, und nach deren Vollendung, d. h. wenn der Baum von der Maschine abgeladen ist, der Ballen sorgfältig mit Erde bekleidet, um- und unterstampft.

Auf Taf. XXII b sind unten ein Hebel, ein Bolzen *r*, der Haken *O*, ein Hebebaum *A* und die Kopfverbindung und Verstärkung *Q* der Hebelade in einem grösseren Massstabe angegeben.

Das Verpflanzen findet am besten im Winter statt, weil eines Theils die Lebensthätigkeit des Baumes in dieser Jahreszeit unterbrochen ist und derselbe beim Beginn des Frühjahrs an der neuen Stelle nach dem Verpflanzen gleich seine ganze Kraft auf Neubildung von Wurzeln aus dem alten Ballen heraus verwenden kann. Anderntheils sind selten die Wege in den Gehölzen während einer andern Jahreszeit als der angegebenen in so gutem Zustande, um den Transport einer so grossen Last, wie des Wagens mit dem Baume, nicht bedeutend zu erschweren, ja ganz unmöglich zu machen. Die Grösse dieser Last ist daraus ersichtlich, dass beim Transport eines Eichbaumes von circa 1' Stammdurchmesser und 30—35' Höhe im Winter, auf mittelguten, hart gefrorenen Wegen 3—4 Stunden weit, wenigstens 12—14 Pferde ihre ganze Kraft aufwenden mussten, wobei noch häufig Ruhe nöthig war.

Mit dieser transportablen Maschine wurden in den Jahren 1844—47 36 Stück circa 60jährige Eichbäume von angegebener Höhe und Stärke in die Anlagen um das neuerbaute Mausoleum im Königlichen Berggarten zu Herrenhausen aus einer 3—4 Stunden entfernten Waldung verpflanzt. Die Brauchbarkeit der zu diesem Zwecke eigens construirten Maschine und die Anwendbarkeit der dabei beobachteten Verpflanzungsmethode geht daraus hervor, dass keiner der 36 verpflanzten Eichbäume sichtbare Zeichen gestörter Lebensthätigkeit durch das Verpflanzen sehen liess, noch viel weniger abgestorben ist.

Die im Obigen beschriebene Maschine ist nach Angabe des Hofbaumeisters Schuster gearbeitet, und ebenso sind nach dessen Mittheilungen die beiden anliegenden Zeichnungen angefertigt.

Tabelle zur Vergleichung der

England	Frankreich	Preussen	Oesterreich	Würtemberg	Baden
1 Acre	0,405 Hectare oder 3834l QFuss	1,584 Morgen	0,703 Joch	1,283 Morgen	1,124 Morgen
1 Fuss à 12 Zoll (1 Yard = 3 F.)	135,114 Par. Linien	11,653 Zoll	11,559 Zoll	1,064 Fuss	1,016 Fuss
1 Imperial Quarter (8 Bushels 32 Pecks)	14654,36 Par. Cub.-Z.	5,288 Scheffel	4,726 Metzen	1,540 Scheffel	1,938 Malter
1 Bushel	1831,79 Par. Cub.-Z.	0,661 Scheffel	0,591 Metzen	0,205 Scheffel	0,242 Malter
1 Gallon (4 Quarts, 8 Pints)	228,97 Par. Cub.-Z.	3,966 Quart	0,078 Eimer	2,472 Maass	3,028 Maass
1 Pfund avoir du poids	0,453 Kilogramm	0,969 Pfund	0,809 Pfund	0,959 Pfund	0,907 Pfund
1 £ Sterling (20 Shillings)	25,33 Francs	6 Thlr. 25 Sgr.	9 fl. 55 kr.	11 fl. 58 kr. (24 fl. Fuss)	11 fl. 58 kr. (24 fl. Fuss)
1 Shilling (12 Pence, 48 Farthings)	1 Frc. 26$^{12}/_{20}$ c.	10 Sgr. 3 Pf.	29$^3/_4$ kr.	35$^9/_{10}$ kr.	35$^9/_{10}$ kr.
1 neufranzösischer Fuss ist = $^1/_3$ Metre = 147,765 Pariser Linien	England 1,094 Fuss	1,062 Fuss	1,0545 Fuss	1,164 Fuss	1,111 Fuss

Anmerkung: Die Vergleichung der verschiedenen Geldwerthe brüche ausgedrückt.

Münzen, Masse und Gewichte.

Hannover	Sachsen	Hessen-Darmstadt	Braun-schweig	Olden-burg	Mecklen-burg	Schweiz (Bern)
1,555 Morgen	1,467 Morgen	1,618 Morgen	1,617 Morgen	2,804 Juck,n M.	0,622 Morgen	1,177 Juchart
1,043 Fuss	1,078 Fuss	1,219 Fuss	1,068 Fuss	1,031 Fuss	1,048 Fuss	1,016 Fuss
1,555 Malter	2,800 Scheffel	2,271 Malter	0,934 Scheffel	13,286 Scheffel	7,475 Scheffel	1,706 Mütt
1,167 Himten	0,350 Scheffel	0,284 Malter	1,167 Himten	1,661 Scheffel	0,934 Scheffel	0,213 Mütt
1,166 Stübchen	4,851 Kannen	0,028 Ohm	4,849 Quart	3,318 Kannen	2,504 Kannen	0,027 Saum
0,959 Pfund	0,970 Pfund	0,907 Pfund	0,970 Pfund	0,941 Pfund	0,937 Pfund	0,872 Pfund
6 Rthlr. 20 Ggr.	6 Rthlr. 20 Ggr. (25 Ngr.)	11 fl. 58 kr. (24 fl. Fuss)	6 Rthlr. 20 Ggr.	6 Rthlr. 8 Ggr. Gld.	6 Rthlr. 40 Schill. $(1\,\text{\ss}=48\beta)$	17 Francs 7 Batzen
8 Ggr. $2\tfrac{3}{5}$ Pf.	10 Ngr. $2\tfrac{1}{2}$ Pf.	$35\tfrac{9}{10}$ kr.	8 Ggr. $2\tfrac{3}{5}$ Pf.	22 Grot	16 Schill. 5 Pf.	$8\tfrac{17}{20}$ Batz.
1,142 Fuss	1,177 Fuss	1,333 Fuss	1,168 Fuss	1,126 Fuss	1,145 Fuss	1,111 Fuss

ist nach einem durchschnittlichen Course ermittelt und ohne Decimal-

Inhaltsverzeichniss

nebst

einer Zusammenstellung der Leistungen und Preise der Maschinen.

Berichtigungen.

Seite 4, Zeile 21 von oben lies vorn statt vorne.

" 8, " 7 " " . " Schüttelzeug statt Schuttelzeug.

" 12, " 1 " " fehlt das Wort: hindurchgehen.

" 13, " 7 von unten lies Muttern statt Mütter.

" 15, " 8 von oben " ausgespart statt aufgesperrt.

" 17, " 6 " " das Komma muss fort

" 22, " 13 " " lies Rinnen statt Rippen.

" 22, " 25 " " " Enden statt Ende.

" 51, " 14 " " " den statt dem.

" 53, " 21 " " " Flantschen statt Flantsche.